JN049122

全円の歌人
大西民子論

Nanamo Oki
沖ななも

角川書店

全円の歌人　大西民子論　目次

第一章　総論「孤の自立」　9

第二章　方法について〈歌は全円〉　37

装幀　間村俊一

全円の歌人　大西民子論

第一章　総論「孤の自立」

大西民子の作品を大きく分ければ、三つの期間に分けられる。

第一期は二十五歳頃から三十五歳頃までの十年間、『まぼろしの椅子』『不文の掟』まで。

第二期はその後六十歳頃までの二十五年間ほどで、『無数の耳』『花溢れゐき』『雲の地図』『野分の章』、そして『風水』は六十二歳の時の刊行だが、作品が作られたのはもっと前ということでこの中に分類する。この時期が一番長く、充実した時期でもある。

そして、第三期は六十歳前頃から亡くなるまでのほぼ十年間、『印度の果実』『風の曼陀羅』と遺歌集『光たばねて』としたい。

女としてのドラマが詰まった第一期

第一期の『まぼろしの椅子』の刊行は１９５６（昭和31）年、『不文の掟』は１９６０（昭和35）年。

昭和30年代は日本にとって大きな転換期だった。ロシア極東部ナホトカからの引き揚げ船は最終となり、戦後の色合いが急激に薄くなっていった。１９５４（昭和29）年から57年頃にかけて、朝鮮戦争による軍需景気は神武景気と言われた。「もはや戦後ではない」と言われたのは昭和31年のこと。ここから日本は経済成長へと舵を切っていったのである。

石原慎太郎の『太陽の季節』（昭和30年）が世間を騒がせ、南極観測船「宗谷」が注目を集め（昭和31年）、原子力の平和利用の法律もできた（昭和30年）。すべてが新しい時代へ向かって動き始めた時期だった。

とは言え、日常生活ではけっして新しくなったとは言えなかった。巷（ちまた）では大津美子の「ここに幸あり」が流行っていた。苦難の多い女の生きざまをうたった歌だが、「君をたよりにわたしは生きる」という、自立には程遠い歌詞が、一般的には人気を博したのである。

第一歌集の『まぼろしの椅子』は夫との別居から始まる。そして、「待つ」という姿勢のまま夫との別居状態の続く時期である。

まだ正式に離婚は成立してはいないが、夫はほとんど帰宅しないようになった。待ち続けた十年間に三通の手紙があり、離婚を迫ったとある。これには応じなかったものの、すでに三十歳の頃には離婚の覚悟をしつつあったのかもしれないが、まだ決意までには至っていない。

歌の素材としては、「帰らぬ夫を待つ」という一点に絞られている感がある。

死ぬ時はひとりで死ぬと言ひ切りてこみあぐる涙堪へむとしたり　『まぼろしの椅子』

いつまでも待つと言ひしかば鎮まりて帰りゆきしかそれより逢はず　同

帰らざる幾月ドアの合鍵の一つを今も君は持ちゐるらむか　同

かたはらにおく幻の椅子一つあくがれて待つ夜もなし今は　同

いつまでも明けおく窓に雨匂ふもしや帰るかと思ふも寂し　同

焦点を故意に外して言ひ合へば夫も他人の一人のごとし　同

一枚の教員免許状が今は終生の寄りどと思ひ涙こぼれつ　同

女なりとも生活力を養へよと遠き教へ子に書き添へてやる　同

コートなど縫ふに紛れてゐるさまを見届けて母は帰りゆきたり　同

われを詰りて帰りゆきしがこの月夜汝も寂しく歩みてをらむ　同

完き(まったき)は一つとてなき阿羅漢のわらわらと起ち(たち)あがる夜無きや　『不文の掟』

かすかに罅(ひび)の入れ(はひ)るグラス脅やかすごとき音(ね)をたつ湯を注ぐ時　同

妻としての最後の逢ひとならむ夜のよるべなき身を燈下にさらす　同

「こみあぐる涙」とか「帰るかと思ふも寂し」など、ストレートな言い方をしている。率直に心情を吐露する。これらは思い切った表現だとは思うし、それだけでも重要なことではあったが、技巧的に工夫している感じがない。もちろんそれでも表現のレベルは高いので、読者に訴える力は持っているのだが。

女の、とくに当時の女の生き方としてはドラマチックだった。誰からも賛成されない結婚をし、夫の不貞に泣くといった構図だ。

いわゆる職場結婚に近いものだったから、とくに珍しくもなかっただろうが、それでも高島田を結わず白無垢も着ない結婚式で、「新憲法に護られただけの結婚」という。つまり、本人の合意のみにもとづく結婚ということだ。

大西民子の研究家である原山喜亥の『大西民子の足跡』（沖積舎）の年譜には「大西博と結婚生活に入る」と書いてある。一般的には「大西博と結婚」と書くのではないだろうか。結婚生活に入る、という言い方には、どこか実生活上で、というニュアンスが感じられるのだ。

そののち、死産。これも、この時代であればそれほど珍しいことではないだろうが、衝撃が癒やされないまま、生涯続いたと思われる。

二十二歳で結婚、二十三歳で死産、二十四歳で上京、三十一歳で第一歌集出版、別居状態から離婚。民子自身、意識したわけではないだろうが女としてのドラマをぎゅっと詰め込んだような時期であった。

1954（昭和29）年に中城ふみ子の『乳房喪失』（作品社）が世に出て、あからさまな女の性描写に読者は反発を覚えながらも、壮絶な人生には衝撃を受けた。中城は挑戦的だったから反発もあったかもしれないが、その後の、それとは少し違った、民子の場合は古い女の型に嵌っていたので、共感や同情もあったかもしれない。そんな時代だった。

その後の時代の傾向として、自立というテーマもあったのではないか。女性が職業を持つこと。これが、近隣の縫物などをして生活していたのでは、時代にそぐわなかったかもしれないのだ。

　現実に、自分の環境にあった出来事や心情を素直に詠っていた民子の作品は、時代や社会の状況と相まって、ドラマとして受け入れられたのだ。

　そのドラマがあまりに強烈だったので、私たちはずっと最後まで引きずられてきた。民子自身も、原点はそこにあると思っていたのかもしれない。ずっと後年になって、再婚の話があり、かなりの有力者であったらしいが、断ったという。その理由は、すでに出来上がっていた「大西民子像」を壊さないためだったに違いない。

　これがこの第一期にあたる、ドラマチックな「像」である。

　戦後になって、新歌人集団など中央の新しい動きを、遠く釜石に住んでいながらも何か蠢くものを敏感に感じつついた。そして「私は急速に素材偏重へと傾いていった」と言っている。また、生活から懸け離れたロマンチックな心象風景ばかりの歌ではだめだと思いはじめた。椎名麟三などを読み、「環境に支配されるよりも環境に働きかけて変革してゆく人間像を思い描くことの方が多かった」という。一見社会性を持たないようにみえる民子の歌だが、時代や社会をどのように詠うべきかを模索したあとも窺（うかが）える。

　その後、釜石を後にして、文学を志す夫とともに上京する。夫の縁で埼玉県大宮市（現さいたま市）に落ち着く。

いよいよ木俣修門下に入り、本格的に歌に打ち込むことになる。

実生活では上京を果たし、職を得、文学活動においては新しい世界に接していた。そして第二期に入っていく。

中城ふみ子、葛原妙子の登場

第二期は離婚（1964〈昭和39〉年・40歳）成立後の『無数の耳』（1966〈昭和41〉年）、『花溢れゐき』（1971〈昭和46〉年）、1972〈昭和47〉年に妹が亡くなって後の『雲の地図』（1975〈昭和50〉年）、『野分の章』（1978〈昭和53〉年）、『風水』（1981〈昭和56〉年・57歳）までと考える。

前述したように1954年、中城ふみ子の歌集『乳房喪失』が歌壇を賑わした。衝撃的だった。当時、乳がんはまだ珍しい病気だった。読者にも知識がなかったし、癌は死に直結する病でもあったので衝撃が大きかった。

「乳房」というストレートな言葉を、使うことさえ憚（はばか）られる時代でもあった。さらに、その「喪失」、これはショキングでないはずはない。女の象徴のようなものだからだ。そこには世間の抵抗を承知しながらも、あえて詠まずにはいられないエネルギーがある。批判をものともしない力強さ。
そして、中城も離婚している。その事実、病や離婚と正面から向かい合った『乳房喪失』を民子はどんな思いで読んだのか。「夫にそむかれたことも、癌で乳房を失ったことさえ、このように不滅な作品とすることができるのが短歌の力と思うとき、私は体がふるえるような感動を覚えるのであった」と言っている。

冬の皺よせゐる海よ今少し生きて己れの無惨を見むか　　中城ふみ子『乳房喪失』
白き海月(くらげ)にまじりて我の乳房浮く岸を探さむ又も眠りて　　同

中城ふみ子の作品は、現在ではもちろん評価されているが、当時はそうとうな反発もあった。あまりにも赤裸々な歌い方が、当時の歌壇の常識からはみ出したものだったので非難もあったのだ。

——これはやりきれぬ。時代遅れで田舎臭い　（香川進）
——ヒステリックで身ぶりを誇張している　（福田栄一）
——女人短歌会員で、ふだんはあまり冴えなかったのだが……　（北見志保子）

——編集者がひっかかった（大野誠夫）
——表現が大雑把。身ぶりが眼につき全体が作りものだ（中野菊夫）
（後注・近藤芳美は中城は黙殺、正面から認めたのは岡山巌、阿部静枝、宮柊二だけだった）

中井英夫『黒衣の短歌史』（1971年・潮出版）

しかし、病にも世間の反発にもめげず、率直に歌う姿勢に、民子は打たれたに違いない。こうしたきっぱりとした歌が、大いに民子を啓発したことは確かだ。
さらには、葛原妙子の作品にも強く惹かれている。葛原は1950（昭和25）年に『橙黄（とうおう）』を、54（昭和29）年に『飛行（ひぎょう）』を上梓していた。

晩夏光おとろへし夕　酢は立てり一本の壜の中にて　　葛原妙子『葡萄木立』
赤き花抱（いだ）きよぎれる炎天下いくたびか赤き花のみとなる　　同『朱霊』

酢（液体）はそれだけでは立つことができない。しかし、壜（びん）を得ることによって立つ、立つことができるのだという。こうした発想は突飛で、誰にも真似ができない。今までに、こうした表現をした人はいなかった。まさにオリジナルだ。今までの写実ではとてもこれは詠えない。この後、新しい発想を模索するようになる。

山本友一著『私の短歌入門』(有斐閣)には、「登ってみようにも裾のない山のようなそびえ方をしてそそり立つのが、葛原妙子氏の作品であった」「読むたびに驚き、あきれて、葛原氏の作品にひきつけられて来た」とある。

短歌には伝統があり、本歌取りなどの技法もあるくらいだから、オリジナリティよりはすでにある歌と、どう繋(つな)げていくかのほうが技術的、技巧的と考えられていた。そうした伝統のなかで、独自性、オリジナル性とはいったい何なのかを見せつけられた思いではなかったか。

優れた歌集が続々出版された昭和30年代

昭和29年から30年代にかけて、歌壇的にも、戦後の息吹が噴き出したような時期で、優れた歌集が次々と出版されている。

中城ふみ子『乳房喪失』のほか、同世代では三国玲子『空を指す枝』、馬場あき子『早笛』、河野愛子『木の間の道』、北沢郁子『その人を知らず』、富小路禎子『未明のしらべ』、山中智恵子『空間格子』、清原令子『海盈たず』、尾崎左永子(松田さえこ)『さるびあ街』など。

男性歌人でも、塚本邦雄『水葬物語』『装飾楽句』『日本人霊歌』、岡井隆『斉唱』、寺山修司

『われに五月を』、春日井建『未青年』、岸上大作『意志表示』などなどの台頭が目覚ましい時期だった。

また、「青年歌人会議」が持たれたのは1956（昭和31）年のこと。第一回の例会では「モダニズム短歌─塚本邦雄歌集『装飾楽句』をめぐって」、第二回は「プロレタリア短歌について」、以下「リアリズム短歌について」「短歌における方法─『斉唱』をめぐって」ほか、白秋や啄木の研究や詩についてなど幅広いテーマで討論された。

第一回の研究対象になった塚本とは、前川佐美雄の主宰する「オレンヂ」で民子は同朋だったが、その頃はまだいわゆる前衛という意識はなかった。

「青年歌人会議」などに参加することで、さまざまなそして大きな影響を受けることになる。周りの人たちから大いに感化を受け、今までの素朴な自己表現のままではいけないという自覚を持った。こうしたなかで揉(も)まれることによって、新しい境地を開いていった。

『まぼろしの椅子』を上梓したが、中城ふみ子の現実との向き合い方、葛原妙子の事実の見方、摑(つか)み方、技法などに刺激され、『まぼろしの椅子』ではまだ駄目なのだと気づいた。評判はよかったものの、現実をあるいは事実を吐露するだけでもだめ、嘆いてもだめと思うあたりから表現方法を意識し始めた。

「戦後派の作風から私なりに受けた影響の一つとも考えられる長い期間の素材主義から、漸く遠ざかろうとしている現在、私自身陥りがちだった論作の跛行、という点などもかえりみなければならないだろう」と、この時期の逡巡が窺える。

「短歌はあくまで抒情詩であると思っている私は、短歌の社会的な効用などは信じない方である」としながらも、「こうした時代の嵐に遭遇して生きてゆく自己の痛みや悲しみを、どのように表現したらよいのであろうか」、秋元不死男や平畑静塔の俳句をあげて「体験の深さが作品の重みとなる場合」として、時代との繫がりに悩む時期もあった。これは安保の時期のことである。

また、（前衛歌風の嵐は）「「何を歌うか」で必死であった私に、「いかに歌うか」という技法の必要を告げて去っていった」のである。

技法や方法意識を持つことを意識し始めたのが第二期の出発点である。『不文の掟』からを第二期に入れてもいいかもしれないが、民子自身では、『不文の掟』の後記に、「続まぼろしの椅子」と名づけるのがふさわしいようにおもわれます、と書いている。

しかし、確かに『不文の掟』にもあきらかに変わったと思われる作品がある。

「単なる心情の告白でなく、文学として成り立つ歌、「私」をどのように拡幅してゆくか、そのために私は二つのことを同時進行的に自分自身に課していた。一つは風景を歌うことによって内面の荒涼を表現できないかどうか。もう一つは夢をえがくことで満たされない欲求を歌うことはできないか」、その結果が『不文の掟』になったわけだが、上田三四二は『無数の耳』について「もともとあった心理主義的傾向の深化が見られ、個性の際立った自己確立の歌集」と評した（『大西民子全歌集』栞、1981〈昭56〉年）。

玉乗りの少女は声をあげむとしいつまで堪へて絵のなかにゐる　『風水』
一本の木となりてあれゆさぶりて過ぎにしものを風と呼ぶべく　同
てのひらをくぼめて待てば青空の見えぬ傷より花こぼれ来る　『無数の耳』
みづからの呼び醒ましたる潮ざゐにゆれ出す壁画の中の破船も　同
光りつつ降る淡雪よ夜の橋を幾つ渡りて行かば逢ひ得む　同
降りやまぬ雨の奥よりよみがへり挙手の礼などなすにあらずや　『花溢れゐき』
桃の木は葉をけむらせて雨のなか共に見し日は花溢れゐき　同
道のべの紫苑の花も過ぎむとしたれの決めたる高さに揃ふ　『野分の章』
引力のやさしき日なり黒土に輪をひろげゆく銀杏の落ち葉　同

奥行というのか、時間的にも空間的にも立体的になっているのが分かる。立体的とは眼前の事実だけに捉われていないということだ。時間の先、空間の先を見ている。現実に見えるものだけではなく、想像したり、過去を振り返ったりして時間をたっぷりと含めていく。

一首目は、絵のなかにいる少女がいかにも現実にいるような、声をあげたり不安定な様子をしたりと捉えている。想像力によるものだ。

二首目の「一本の木」は抽象性を持たせつつ、どこか人生をも感じさせる。

三首目は、花びらがこぼれてくる、一見美しい情景だが、青空の傷からだという。怖い歌だがこの想像力・直観力は鋭い。

四首目の破船の歌は、絵画のなかの船が動き出すと言っている。前半は作者の内面の動きを表しているだろうか、心理的なものと絵画のなかの船、本来なら結びつくはずのないものを結んでいる。

五首目の「光りつつ」の歌は、夜の橋を渡っていけば会えるのだろうかというのだが、誰に、とは言っていない。読者としては、別れた夫ではないかと想像してしまうが、夫でも君でもなく、誰と言わずに、個の事実とはかかわらない事象として詠んでいるのではないか。誰にという対象を外すことで個人の独白には収まらない、文学として昇華していく方法だった。

六首目以降、「降りやまぬ」「桃の木」「道のべ」「引力の」と、それぞれ代表歌といってもいい作品が並んでいる。「挙手の礼」などの同世代の人への思い、「引力」といった、短歌的ではない言葉を入れてしまう方法なども斬新さを感じさせる。

あくまでも円形のなかの中心は一つ、楕円のような二つの焦点を持つことはない。それが民子の空想を支えてブレないところだ。

孤の境地を確立した第二期

若い時期から周りの家族の死を経験してきた。民子が十三歳のとき、姉のサトが亡くなっている。二十二歳だった。二十歳のとき、父を亡くしている。五十六歳だった。いずれも早死にだった。今よりずっと平均寿命の短かった時代とはいえ、五十六歳は早い。

さらに、民子が二十三歳のとき、自分の子どもを死産で失っている。

十三歳で姉、二十歳で父、二十三歳で子ども。こんなに立て続けに家族を失ったことで、失うことへの不安感、失ってしまった喪失感が全編に流れている。

煽られし楽譜を拾ふ時の間にドビュッシイもわれは逃がしてしまふ　『無数の耳』

玉虫をあまた集めき玉虫をなべて逃がしきこの白き手に　『雲の地図』

手に余るまで拾ひ来し樫の実をまた一つづつ地上へ返す　同

円柱は何れも太く妹をしばしばわれの視野から奪ふ　同

絹針をはこびて裾を絎けてゆくたのしみなどもいつか失ふ　『風の曼陀羅』

一首目、ピアニストになろうとした時期があったが、経済的理由で断念した。したがってクラシックの音楽には精通していた。ドビュッシーも逃がしたといっているが、ドビュッシーだけではなかったはずだ。音楽を志した、志を逃がしたことになる。

歌集『雲の地図』は、妹を失った時期でもある。妹の死の前、視野から奪われてしまう恐れを詠った。これは、後に妹を失う予感の歌だとも言われた。

二首目の玉虫の歌は、非常に象徴的で、たくさん集めた充実感もひとたびは持っていた。そして、それを失う。経済的な理由で音楽の道には進めなかったと言っているが、バイオリンを買ってもらったということもあるので、経済的にはある程度豊かなほうだったのではないか。豊かさの経験を確かなものとして持っていた。初めから無いのではなく、あったものが失われていく喪失感、恐怖感、心細さ。

前述の喪失感は、そのまま不安感に繋がっていく。


内よりの力に割れし卵かと籾殻を分けてゐる手が怯(ひる)む　『野分の章』

切り株につまづきたればくらがりに無数の耳のごとき木の葉ら　『無数の耳』

石臼のずれてかさなりゐし不安よみがへりつつ遠きふるさと　同

夢に見てながく忘れず蛹から出てゆくときのかの恐ろしさ　『雲の地図』
山脈も芽ぐむ木立も遠く澄み空からこはれてくるやうな日よ　同
一息（ひといき）にわが描（か）く薔薇は花びらのない真つ黒な色のかたまり　同

卵の歌は少し怖い。昔は籾殻のなかに入っていたものだった。一つだけ取り残されていた卵、卵は生命そのものである。割れた卵、石臼がずれている不安。一息に描いた薔薇は、真っ黒な塊のようになってしまった。遠くに見える山脈も、芽ぐみ始めた木々も、爽やかな感じのもののはず、しかし「空から壊れてくる」と感じる精神性。

割れた卵、石臼のずれなどは、日常の出来事、故郷で見た石臼を詠っているようでいて、実は生きていくことの不安、つまり誰でも持っている普遍的な不安へと昇華している。

空から壊れてくるこのイメージは、宇宙的な何かが破壊されていく現状かもしれない。蛹（さなぎ）が世界へ出ていくときの不安、これも人間に置き換えて、成長して世に出ていく状況を考えてもいい。むろん個人のこととして詠ってはいるが、個人の経験から出発して、普遍的な不安感になっている。

『雲の地図』以降は、とくにその感が強い。個人のこと、個人の経験だけとして読んでしまうのは、少し違うのではないか。『まぼろしの椅子』時代は、あくまで個人の出来事、個人の感慨が詠われていたが、それが個ではなく、人間の根源的に持っている不安感へと深まっていったのである。

すきとほる化身(けしん)などにてさまよはむわれと思へば寂し死の後(ご)も　『花溢れゐき』

読みさしの本はたと閉づるその音を最後に聞きて死ぬのかも知れず　『雲の地図』

さらには、死につながる不安な予知の歌が多い。晩年になったからではなく、初期の頃からその思いは強かった。

『雲の地図』は妹の亡くなった後なので、死を身近に感じていたのかもしれない、それも突然の死を。めぐりに長病みの人もいない。父も母も病ではあったが長病みというほどではない。民子の歌には長病みの歌はない。それを想像することはなかったのだろう。

ぬけ出でていづくへ行かむ月明にひとすぢ光る水路のあらば　『風水』

心か何かのやうに吹かれてどこまでもころがる落ち葉とどまる落ち葉　『雲の地図』

月光に光る水路。どこへ行くのか、何処まで行くのか。しかも「ぬけ出でて」なのである。

落葉が風に吹かれて、あちこちに移動している。これは流亡している私の心のようだと、流亡の思いを落葉に託して詠っている。

あたためしミルクがあましいづくにか最後の朝餉食む人もゐむ　『花溢れゐき』
ゆきずりの一人となして離りたり木の葉のごときわれと思ふや　同

温めたミルク、どこかに最後の朝餉を食べている人がいる。あるいは、それは自分かもしれない。これが最後のミルクになるのではないか。行きずりの一人として、その人にとって私は、木の葉のようなものだったというのかと。

もしかしたら、人間の本性は流亡であるのかもしれないのに、多くの人はそれに気づかず、安穏としているだけではないか。

己を流亡と位置づけ、孤独に耐え、文学のなかでそれを「どう表現するか」を考え続けて、己の世界を築き上げていった。個人の事情としての孤独感・不安感に留まるものではなく、人間の不安感を絶対的な不安感として押し上げていった。

全てを失って孤独になったことで、本当に真の「孤」を実践できたのではないか。一般的にいう孤独感、ときには甘やかでさえある孤独感に留まらぬ「孤」という絶対的なもの、観念ではない「孤」を手に入れたのだ。

想像や創造によって「孤」の世界を確立し、孤独はけっしてマイナスイメージではなく、「孤＝自立」という構図を築き上げたのではないだろうか。人間としての自立である。

自ら甘えの一切ない孤の境地を確立し、己の世界を完結したのだ。

華麗な技巧が際立ってくる

実生活ではまだ決まりのつかないこともあったが、文学的にはどんどん新しいものを吸収して新しい世界を拓き、展開していった。

この時期は離婚が成立し、母が亡くなり（1960〈昭和35〉年）、妹の佐代子と二人だけの生活になる。

勤務していた埼玉県立図書館では課長になるなど、職業人としても充実していた。当時、女性が課長つまり管理職になるだけでも画期的だったので、仕事面でも充実していたと思われる。

さらに、短歌活動の目覚ましい時期でもある。年譜を見てみると、たとえば短歌研究賞受賞（1965〈昭和40〉年）。馬場あき子、尾崎磋瑛子（尾崎左永子）、北沢郁子、山中智恵子と共に合同歌集『彩』を刊行。歌会始を陪聴する。埼玉文学賞の設立にあたって選考委員に就任。日本歌人クラブの幹事に就任。佐佐木幸綱らと共に「現代短歌シンポジュウム」に参加。岡井隆・佐佐木幸綱ら五人と『現代短歌作品集』の編集にあたる。雑誌「短歌」に「大西民子特集」が組まれる。現代歌人協会の理事に就任。『大西民子全歌集』により迢空賞を受賞。師の木俣修が亡くなるなど、挙げればきりがない。

もちろん、この他に各雑誌の掲載、冊子刊行に携わったり、選考委員などの役を引き受けたり、講演などもあちこちで多数行っている。

おそらく、同世代の女流歌人ばかりではなく、歌壇の若い世代、あるいは先輩世代との交流のなかで影響を受けたであろうことは言わずと知れたことである。

年譜には、佐佐木幸綱や岡井隆らとの共同事業のことなども出てくるので、新しい詠風や斬新な発想を持つ作家との繋がりから、新しい世界を拓いていった。

さらに家を購入したり、妹・佐代子が亡くなったりと、個人の生活においても悲喜交々さまざまなことがあった。

つまり、歌人としてももっとも忙しく充実した時期であった。

こうしたなかで、歌柄が大きく変わっていったことが推測される。フィクションや比喩などの技法が多様になり、言ってみれば華麗な技巧が際立ってくる。技術的に細かく練れてくるし、さらには第一期の時期を匂わせるような、歌の陰にドラマを秘めていると思わせるような技法を作り上げていった。

しっとりと味わい深い第三期

第三期は『印度の果実』（1986〈昭和61〉年・62歳）、『風の曼陀羅』（1991〈平成3〉年）の後、1994（平成6）年の逝去後に刊行、つまり遺歌集にあたる『光たばねて』である。また、この間「形成」に発表された歌が歌集に収録されていないが、それらもこの時期の中に入れておいていいだろう。

この時期が、一番考察しにくい時期になる。つまり、ドラマ性もあまりないし、技巧的かと言われればそれほど新しい局面が出てきたわけでもない。言ってみれば、沈静化した時代ということになるだろうか。

沈静化といっても停滞化ではない、とても静かで目立たないがしっとりとした味わいのある作品が多いのである。

子をなさば付けむと思ふ名のありき幾つもありき少女のわれに　『風の曼陀羅』
どのやうにおろされにけむかの大き薬種問屋の看板などは　同
駅前の放置自転車神々に見はなされたる病(やまひ)のごとし　『印度の果実』
呼ぶ声の水にひびかひ草むらにもう一人ゐて少年のこゑ　同

野の空のいづこに落ち合ふ蝶ならむふはふはとしてとめどなく舞ふ　同

しばらくをかけなづむ鍵の音のして隣の家のたれか出でゆく　同

梵鐘はただにしづもりゐたりしが中世の冬のごとき日ざしよ　同

暗渠よりまろび出でたるゴム鞠は一直線に流れゆきたり　同

霊柩車を先立ててゆくバスのなか不意に時刻を問ひし人あり　同

をりをりに行くわが意識冷蔵庫に大きザボンを一つ持てれば　『風の曼陀羅』

いかほどの時間がたちて地中よりにじみ出でたり紅(べに)の茸(きのこ)は　同

子らが降りてしづかになれば喘鳴をかすかに引けり隣の人は　同

帰り来てしづくのごとく光りゐしゼムクリップを畳に拾ふ　同

見つからざりし巻尺が今出でて来て一メートル五〇まで伸びて見す　同

読みさしを机に伏せて出で来しが迎への舟の待つにもあらず　同

乳母車にみどりごは居らずみどりごを抜きたる跡のふつくら窪む　同

待ちかねてゐたる如くに一散に飛び立ちゆけり草の穂わたは　『光たばねて』

幼子は歩幅の合はぬ飛び石をはねて渡りて池まで届く　同

三首目、放置自転車を「神々に見はなされたる病」という比喩。これなどは、まだ第二期のような技法にも思える。思いがけない展開へ持っていく。

六首目の「しばらくを」の歌は、隣家の外出の様子だが鍵をかけるのに手間取っている、こんな小さな場面を捉える。小さいけれど実にリアルだ。

八首目の「暗渠より」の歌も、ゴム鞠(まり)がただひたすら流れていく、ただそれだけのことなのだ。「一直線」という言葉も、口語的であって従来のように短歌的ではない。

九首目、「霊柩車」とくれば人生終焉のドラマを予想してしまうが、そうではなく、たんに時刻を聞いただけ。どんな深刻な場面でも、何気ない一瞬はあるものだ。

十三首目の「ゼムクリップ」の歌は、何かとても新鮮だ。歌らしくないとも言えるが、こんな何気なさに眼が向いている。

十四首目、巻尺が見つかったら、それをどのように使うのかと思えば、百五十センチまで伸びた、伸びて見せたという。劇的なものへの飛躍などはなく、詠い上げてどこか別の場面へ展開させていくことも無い。

十六首目、「乳母車」の歌も、嬰児(みどりご)のほうではなく残された窪みへ目が向く。

もともと民子は、日常のなかに素材を求めていた。描かれている情景は、日常そのものである。その中から、想像力や比喩などの華麗な方法を駆使して、表現世界を広げてきたのである。

しかしここでは、飛躍したり華麗に盛り上げていったりはしない。

日常の、劇的でも何でもない、ありふれた状況が捉えられているのだが、静謐（せいひつ）な世界を思わせるのだ。

長い活動期のなかで、何度か特集を組まれたり、自身でも自歌自註をしたり、あるいは作歌の秘密などを語る時期のほとんどが第二期までに限られている。

むろん活動は続いてはいるものの、ヘルニアの手術や、六十四歳頃からは心臓病で入院するなど体調を崩すことが多くなったこともあり、それがかえって自然体の穏やかな文体を生んでいったと思われるのだ。

病ゆえか「死」を視野に入れた作品も見え、死生観なども測れるようになった。

死を思わせる歌が散見されるわりには、老いの歌はない。むろん、まだ七十歳前だったから老いを実感していなかったとも言えるが。それでも老いを感じることはあると思われるのだが、それもない。心臓病もあって、病に気を取られて老いの意識はなかったのか。

私がインタビューするために初めてご自宅を訪れた頃は、今思えば、民子の五十歳頃だったのだが、すでに太りすぎで心臓によくないからと言って、蒟蒻（こんにゃく）の粉のようなものを溶いて食べていた。心臓病は、潜在的にすでにその頃からあったものと思われる。

しかし、病も老いも、民子の素材には無かった。さまざまな素材が詠われているようでいて、民子は自分の歌の範疇を決めていた。詠わないものを決めていた。したがって、逆に詠うものは必ずしも多くないのである。

また、民子は連作をしなかった。一連の中に入っていても、まったく違う世界を一首ずつ築き上げていった。ドラマ性を強めるなら連作が有効だったと思うが、その方法は選ばず、一首の自立性・完結を重視した。

「歌は全円でなければならない。小さくてもいいから、きちんと円がとじられて、完結していなければいけない」を実践し続けたと言えよう（「短歌研究」昭和45年8月号）。

これは形式だけのことではない。「私にとって歌とは何か、といえば、自分を統一するための手だて」と言い、また「たとえていえば、いつ死んでもいいように、まわりをさわやかに整えておきたいのである。一首一首で完結したいと願うのもそのことにつながる」と言っている。

これは１９７０（昭和45）年1月に「短歌新聞」に書いたことで、けっして晩年ではない。生き方に繋がっているのである。

以降、少し細かく、いくつかの項目に分けて考察していくことにしたい。

第二章　方法について〈歌は全円〉

「歌は全円でなければならない。小さくてもいいから、きちんと円がとじられて、完結していなければいけない。形の上のことではなく、作歌のときの求心力と遠心力を、全円、つまり定型のところでバランスさせるタイミング」(「短歌研究」昭和45年8月号「定型の思想」)。

民子の作歌姿勢の基本はこのようなものだった。全円として完結することが大事だと考えていた。また、一首主義で、一首の素材は一首で完結する、連作はあり得ないとも考えていた。たしかに一連のなかにあって、歌の解釈のために前後の歌を必要とすることはない。一首の完結、一首として完結することは一貫した姿勢だった。

『まぼろしの椅子』以降、さまざまな刺激のなかで、何を詠うか、から如何に詠うかに変化していった。素材主義から表現主義と言ってもいいのかもしれない。方法意識を持って作歌することになる。

方法論に目覚める

私が短歌を始めて間もない頃、大西民子論を書きたいのでお話を伺いたいと申し出たことがある。快く受けてくださって、当時勤務していた埼玉県立浦和図書館に行った。そこから一緒にタクシーに乗って、ご自宅に連れて行っていただいた。

いろいろお話を伺うなかで、部屋にあった古い簞笥(たんす)を指して「これは夫の母のものなの、だからいつか返さなければいけないのよ」と話された。

　姑はその時、すでに他界していたわけで、返すとしたら夫に返すことになる。それはどんな場面になるのだろうかと、密かに思ったことだった。まずは夫に連絡しなければならないし、実際に来るのかどうか、大きな簞笥を運ぶのは……などと考えて、何と言っていいのか分からず、ただ黙って聞いていた。

　亡くなられてから、そのことを追悼文に書いた。すると北沢郁子さんから電話があり、「沖さん、あれは違うわよ。亡くなったお姉さんの簞笥よ」ということだった。

「俳句とエッセイ」（昭和54年6月号）に、「姉の嫁入り道具のいっさいが、トラックで運ばれて帰って来た——立派な総桐のたんすがあった」とある。

　ショックを受けた。なぜそんなことを言われたのか。

　しかし、後から考えて分かった気がする。北沢は、どうでもいいようなことについてはいい加減なことを言う、と書いているが、私はそうではないと思う。どうでもいいことではなく、民子にとって大事なことだったのではないかと。つまり、若い後輩が自分のことを書こうという、どのように書かせるかを考えた。つまり、大西民子を演じるためにはどう書かせるか、である。

　当時も今も、「大西民子」のイメージといえば、夫に去られ、一人、懸命に働きながら夫の帰りを待っている女、ほぼ生涯にわたって夫を忘れられないでいる女、ということになるだろう。『まぼろしの椅子』の時代は、ほぼその通りだっただろうが、いつまでもその通りだったかどうか。

私が訪ねたのは昭和52〜53年頃、民子の歌集で言えば『雲の地図』が出た後、その数年後には最初の全歌集が上梓されている。つまり、「大西民子」としてすでに評価が定まっていたと言ってもいい。

そういう時期に、どういう大西民子像を描かせるか。どのような人物として、後輩に印象づけるかと考えていたと思う。

それには、夫の母の簞笥をいまだに持っていて、夫との細い細い接点を後生大事にしている設定が必要だったのではなかったか。私はそれに、まんまと乗せられてしまった。北沢が言うように、民子の不注意ではなかったのだと思う。

『まぼろしの椅子』のインパクトがあまりに強かったし、歌壇での評価もそのようなものだったから、読者はみなそこから抜けられないが、実はその後は激変していると言ってもいい。

「私の短歌は、完膚なきまでにこきおろされた。S氏は、『まぼろしの椅子』一巻数百首をもってしても、女の悲しみを歌っては、三橋鷹女の〈白露や死んでゆく日も帯締めて〉の一句に遠く及ばない」。また「〈電柱の／キの字の／平野／灯ともし頃〉」を示した〈「短歌研究」昭和

36年10月号)。

これは高柳重信の句である。

その高柳重信に、「単なるコンフェッションで文学になっていない」「さびしい、でとまっていて、苦しいまで行っていない」と言われた(「短歌現代」平成6年2月号)。

さらにその頃、「青年歌人会議」での衝撃は強かった。また、葛原妙子、中城ふみ子、齋藤史のほか、同世代の馬場あき子、三国玲子、北沢郁子、富小路禎子などからの刺激も強かったはずだ。

そのなかで何が変わっていったのか。まずは方法論に目覚めた。いくつかの方法を見ていきたい。

フィクションをどう取り入れるか

円柱は何れも太く妹をしばしばわれの視野から奪ふ　『雲の地図』

この歌は奈良で作られた。出張のような旅で、仕事だから妹は同道していなかった。一緒にいたわけでもないのに、妹を登場させている。後に妹・佐代子が亡くなったことで、予感のようなものがあったのではないかと言われている。そうかもしれない。しかし、それはあくまで結果論。そこに居もしない妹を登場させるのはフィクションである。

それまでの歌は、事実をありのままにとか、見た通りにとか、詠われた内容は事実だというのが常識だった。一人称で作る短歌にフィクションは向かないという考え方が強かった。

しかし、時期的に大事なことだが、1955(昭和30)年に入ってから前衛短歌が盛んになった。前衛短歌は、西洋文学の方法を取り入れるのに重きを置いた。つまり、文学においてフィクションは当たり前であった。

それまで、短歌でのフィクションは「嘘ごと」と言われていたのである。しかし、短歌にもフィクションが入ってきた。民子はその技法を取り入れた。

民子の師匠は木俣修で、木俣は前衛を批判していた。前衛の技法をそのまま取り入れることはできない。つまり民子にとって、前衛をどのように取り込むかが課題だった。前衛を推進している人たちの、真似であってはならない。かといって、今までのまま経験だけを詠えばいいのかという迷いもある。

時代とは不思議なもので、そこにある勢いは止められない。おそらく私たちでも、前衛を知らない若い世代の人でも、前衛を通ってきたところに位置するのであって、それ以前のままということはない。

木俣の下で、どのように時代を取り入れていくか、その一つの技法であるフィクションをどのように取り入れていくか。

たとえば、居もしない妹や弟を詠うことは無い、生きている母親を死なせてしまうことも無い。あくまで自分の環境や条件のままで、一場面をフィクション化していく方法を考えたのではなかったか。

存在しない妹を置くことはできないが、実際に存在して、ただそこにいない妹をその場に置くことはできる。大西民子という像のなかには影響しない、フィクションと言えるかどうかも分からない程度。事実、民子自身が言わなければ、そこにいなかったことは誰にも分からない事実なのである。

そうしたフィクションの方法を手に入れたのではなかっただろうか。木俣のもとにいる民子にとってはぎりぎりのフィクションだった。

桃の木は葉をけむらせて雨のなか共に見し日は花溢れゐき　『花溢れゐき』

かつて共に見たのは誰だったのか。私たち読者は、もちろん別れた夫で、かつては仲良く一緒に花などを愛(め)でていたなあとなつかしく思い起こしている、と読んでいる。というか、そのように読めるように作られている。

しかし、あくまで「誰」とは言っていないのである。そのように読ませる仕掛けになっている。読者を誘導しているのである。

これも実は、一緒に見たのは妹だったという。誰と言っていないのだから嘘ではない、読者がかってに夫だろうと解釈しているだけなのだが、民子はそれをどう見ていたか。

歌集の題名にした歌でもあり、代表歌の一つであるのに『自解100歌選』の中でも自解をしていない。あえて自分で解釈をして、背景を語ることを避けていたと思えるのだ。

それでは読者として、そのように読んではいけないのかというと、そうではない。読者はどのように読んでもいい、自分の好きな読み方をすればいい。まして民子は、そのように読ませるように作っているのだから。

妻を得てユトレヒトに今は住むといふユトレヒトにも雨降るらむか　『印度の果実』

ユトレヒトはオランダの都市で、古くからの歴史のある町である。むろん民子が行ったことがあるわけではないが、いかにも民子好みといったらいいだろうか。

妻を得てユトレヒトに住んでいるのは誰か。とうぜん夫だと読むことが多いと思うが、私は違うと思っている。モデルとも言える人がいたかもしれないが、それが歌のきっかけになったとしても実際は夫ではない、と思う。

一般的にいうと自分と別れた後、新しい妻を得て今はユトレヒトに住んでいる、と読むわけだが、夫が新しい妻を得たのはもう少し前ではなかったかと思う。「妻を得て」というあたりに仕掛けがあると思うのだ。その一言で、自分と別れた後に別の妻を得て、と読んでしまう。多くの男性は妻を得るわけで、誰にでもあること。その普通のことを、ある一つの限定にしてしまう、そのように読ませてしまう仕掛けなのだ。

民子にとってのフィクションとは、まったく架空の出来事にするのではなく、現実にあった一つの出来事（あえて言えば、自分とはことさら関係のない出来事）を、自分のテリトリー内の特定の場にしてしまうことではなかったか。


ひとりでに鳴るオルガンも古りたらむ颪の夜は思ふ山の校舎を　『花溢れゐき』

かつて勤務していた山の学校を思い出していると読めるが、山の学校に勤務していたことは無い。憧れとして山の学校に勤務して、自分の子どもを生徒におぶわせたりしたかった、などと言っていたと北沢は言う。

現実に勤務していた釜石の学校に、「ひとりでに鳴るオルガン」、そんなものがあるはずはないが、風か何かで鳴ったことがあったか。それもフィクションかもしれないが、それでは不思議なオルガンになってしまうので、現実に勤務している学校ではなく山の学校にしてしまう、フィクションではないか。

想像している情景、憧れている情景をそのまま現実にあったことにしてしまう。


降りやまぬ雨の奥よりよみがへり挙手の礼などなすにあらずや　『花溢れゐき』

「青年は、私の女学校二年生のころ知り合った東京工大の学生であった。父の転任によって別れ別れになり、戦後その町をたずねたが、既に戦死の公報が入っていた。希望を失った私は別の男性と結婚したのであったが、その人のことを長く忘れることはなかった」と書いている（『自解100歌選』）。

本人が書いているのだから疑う余地はない。だが、本当にそうかどうか。

別に「秋篠の人」という文章があり、「奈良女の卒業間近に秋篠寺に行った。そこで京大生と名のる青年にあった。明日戦争に行きます。もう伎芸天にあうこともないから来ましたという。すれ違っただけの青年だったが、後に秋篠寺を訪ねたとき、急にその青年のことを思い出した。あの青年は無事に帰れただろうか。大学生と口をきくことなどはばかられるような女学生時代の、ほんのかすかなふれあいにすぎなかったが、その人は私の中でさまざまに生き続けたのである」というのである。そして、この一首が添えられている。これを読めば、挙手の礼をしているのは秋篠寺で出会った京大生ということになる。

どちらかが間違っているということではない、つまり民子のなかではどっちでもいいのだ。その時代を生きた青年。その後の人生を共にしたわけでもないが、戦争に行って帰らなかった青年に対する思い。同世代の青年、早くに亡くなってしまった若者に対する思いが、つねに胸の奥に流れていたのだ。同世代で死んでいった人への思いが、どちらにしても「長く忘れず」なのである。

大学生と口をきくのも憚られる時代で、女学生のときに親しい男性がいたとも思えない。初期の作品には、自分を慕っている少年がいると書いている。少年と東工大生では年齢がやや違うが、それに準じるような人がいたのだろう。奈良女子高等師範時代にそれらしい日記もあるが、どの程度だったか。

希望を失って他の男性と結婚した、というのも気になるところだ。その東工大生と結婚したかったが戦死してしまったので、（しかたがなく、不本意ながら）他の人と結婚したように見えるが、そんなことは無いと思う。

街にて不意に逢はむ日などを恋ふのみに白木蓮(はくもくれん)の花も畢(をは)りぬ　『不文の掟』

「この歌は当時人に、帰らない夫のことを歌ってあわれだなどと評されたが、本当にそうだったとは私には言い切れない。夫の前身であるはずの秋篠の人かも知れなかったし、ほかの誰でもよかったのかも知れなかった」と書いている。

民子の方法の一端を語っていると思う。つまりは、挙手の礼をしそうな同世代の男性をイメージしているのであって、特定の東工大生であろうと京大生であろうと、時代を象徴する人であればそれでいい。

したがって街で不意に会うのも夫である必要はなく、誰かをイメージしていたかもしれなかったが、それを期待している読者のいう「哀れ」というのは当たらない。

そのように読んでしまう読者を、民子はどんな思いで見ていたのだろうか。すべて夫のこと、夫に去られた女、としてしまう。いつまでもそれから抜けられない読者を、客観的に見ていたかもしれない。

自分から仕掛けた方法とはいえ、あんがい覚めた目で見ていたのではなかったか。

その文章のあと、続けて再婚話を書いているのである。結局、再婚はしなかったが、けっして留まっていたわけではなかった。

歌に幅を出すための比喩

へびむろにとぢこめられし如き日に救ふ領巾(ひれ)さへわが持たざりき　『風水』

比喩も前衛時代に活用された技法である。直喩と暗喩とがあるが、民子はどちらも使っている。それもかなり抽象的な使い方になっているかと思う。

たとえば、「ごとき」「ような」を使った直喩。

『古事記』の神話をもとにして、夫を助ける手だても持っていなかった。へびむろに閉じ込められているような日々とは、どういうことを指すのか。比喩なので具体的には分からないが、心情的には追い込まれた苦しい場面を想定している。

銅鑼にぶく鳴らし出でゆく船があり醒めて白夜のごときしづもり　『無数の耳』

雪の日の沼のやうなるさびしさと思ひてゐしがいつしか眠る　『雲の地図』

梵鐘はただにしづもりゐたりしが中世の冬のごとき日ざしよ　『印度の果実』

一首目、銅鑼を鳴らして出航する船がある。これは「醒めて」とあるので、その状況を夢に見たのだろう。船の出航の様子を夢に見て、目覚めたときは非常に静かだった、それを「白夜のごとき」という。おそらく民子は、白夜を経験していない。実際の白夜ではなく、知識としての白夜。あるいは、イメージとしての北欧の港であろうか。白夜、夜であっても日が沈まない、暗くなりきらない、うっすらとした明るさ。それでも人の動きは少なくなるのだろう、静けさが漂う。寂しいのとは違う。自然現象の静謐な感じか。

二首目の「雪の日の沼のやうなるさびしさ」とは、どんなものか。雪の日の淋しさでもない、雪の日の沼である。おそらく、具体的な寂しさではなかったのだ。不意に、何やら寂しいとき、つまり具体がないとき、比喩の表現しかない。しばしば歌は、具体的に表現しろ、などという。しかし、人間には具体的ではない、心理的なものがある。なぜと言っても説明できない、訳の分からない感情がある。その場合は比喩しかないのではないか。そうした場面が、民子にはいくつもあったに違いない。民子にとって写実では言えないもの、それは比喩という技法がふさわしかった。

三首目、梵鐘の多くは青銅で、静かなもの。打たないかぎり音は出ない。その静まっている梵鐘に日が射している。とくに珍しい場面ではない。その日が「中世の冬のごとき日ざし」なのである。冬のひかりが当たっている、だったら当たり前で写実的になる。しかし、単なる冬ではない、「中世」なのである。実際には冬も光も、中世だろうが現代だろうが変わらないはずだと思う。

あえて「中世」としたのは、どんな意図か。言葉のうえからは古い梵鐘を感じさせる。どこの寺か分からないが、古刹をイメージさせるし、中世の寺、あるいは中世に作られた梵鐘と読める。鎌倉時代の作ということが考えられるのだ。その当時の日射しを受けている。そうした想像が、比喩を生んだ。

招きたるわざはひにして夜を渡るしぐれの音のごとく過ぎにき　『野分の章』
切り株につまづきたればくらがりに無数の耳のごとき木の葉ら　『無数の耳』

一首目、「招きたるわざはひ」とは何か。自分に咎があって、禍を呼んでしまった何かが、しぐれの音のように過ぎた。時雨のように過ぎた、ではない。時雨は、時の雨と書くくらいだから通り雨のようなものである。それが過ぎるのではなく、音が通り過ぎると。むろん時雨が過ぎるわけだが、音だけで聞いている。目で見ているわけではない、視覚より聴覚。

二首目、切り株に躓いたら、そこに無数の木の葉が落ちていた。それが耳のようだったという。確かに、多くの葉は楕円形で、耳の形状に似ている。身体の一部、耳のようだという比喩には意外性がある。比喩は意外性が大きいほど効果的。木の葉を耳と譬えたことは、肉感的な感じがする。ねっとりとした感触があるのだ。落ちている葉だから感触としては乾いているだろうが、身体をもってくることで、肉感的な感じに転換させた。

駅前の放置自転車神々に見はなされたる病（やまひ）のごとし　『印度の果実』
煩悩の一つのごとし吊るされし塩鮭の絵を目が覚えゐて　『光たばねて』
鰭も持たず翼も持たず終るならむ長き刑期のごとき一生（ひとよ）を　『野分の章』

一首目の「駅前の放置自転車」は、日常によく見かける風景だ。それが、「神々に見はなされたる病」のようだという。絶望的ということだが、この比喩の展開の大胆さ。放置されていることとつまり、神に放置されている、という理屈になるのだろうが、理屈以前に直感によるものと思う。直感にもとづくものは勢いがある。考えて得たものではない勢いがある。有無を言わせぬ力とでも言おうか。

二首目の「塩鮭」は、新巻きのようなものか。高橋由一の鮭の絵だろうか。「煩悩の一つのごとし」という。もし高橋由一の絵なら、半分くらい内部が見えている。鮭の体というか身の部分があらわになっているのが、煩悩を思わせるのだ。煩悩にも幾つかあって、その一つだという。赤裸々に内部を見せてしまっているからか。

三首目、自分の一生を「長き刑期」のようだという。鰭(ひれ)や翼を持っていたら、どこかへ逃げられたかもしれない。縛られてどこにも行けなかったことを「刑期」と言った。

つらなめて輝ける把手(ノブ)風のやうに開(あ)きていざなふドアなどあるな　『雲の地図』
終(つひ)の日の予感のごとしさかのぼりかぼそく光る水を思ふは　『野分の章』
消しゴムを探さむとして薬莢を探すごとくに遠ざかりゆく　『花溢れゐき』
傾ける土橋を日々に草蔽ふ人間のなすたくらみに似て　『不文の掟』
心か何かのやうに吹かれてどこまでもころがる落ち葉とどまる落ち葉　『雲の地図』

一首目の「つらなめて」は、並んでいるドアノブ、マンションのようなところかと思うが、不吉な印象があるところから、病院の、病室が並んでいるところか。引きずり込まれるような怖さがある。「風のやうに」開くなと言っている。音もなく、ふわりと気づかないうちに開いてしまうような感じか。音を立てて開いたら避けることもできるかもしれないが。ある日風のようにドアが開いて攫(さら)われる気がするのか。

二首目、かぼそく光っている水を想うのは、終の日の予感だという。

三首目、消しゴムを探しているところから、薬莢を探すイメージへ移行する。薬莢のように遠ざかる。薬莢は、日常ではなかなか目にしない。戦時中でもそれほど見かけることはなかっただろうが、それでも多少身近にあったか。消しゴムが見つからないことを、薬莢を探すしぐさに入れ替える比喩。これも民子の生きてきた時代性がある。

四首目、最近は珍しくなったが、土の橋がある。民子の住んでいたあたりを少し東に行くと、見沼たんぼがあるので土橋があったかもしれない。そこに草が茂ってくる。それを人間の企みのようだという。人間のなす企みは巧妙なのか、正確なのか、狡猾なのか、いずれにしても人が渡るべき橋を覆ってしまって惑わすようだというのではないか。人の生活を危うくするような企み。

五首目、風でころがっている落葉。普通なら落葉のような心、というべきなのかもしれない。「心か何かの」ように吹かれる。心は吹かれるものなのだ。もちろん留まることもあるが、吹かれてどこかに漂ってしまう。あやふやでこころもとないのが心、というわけだ。

確かに、「こころ」はそんなに強いものではない。

比喩の面白さ、多様さ、飛躍した発想の比喩。比喩の多用か、民子の歌に幅がでていることは確かだ。

時ならず雲間より陽の射すに似て人はやさしくわれの名を呼ぶ　　『花溢れゐき』

菜の花も穂先まで咲きて咲き終へぬ思ひ遂ぐるといふやさしさに　『風水』

一首目、誰かが名前を呼んだ。やさしく呼ばれたことを、雲間から日が差すようだという比喩。日差しの柔らかさは体感的なもので、体感的なものが精神に働きかけるものもある。

二首目、房状の花や細かい花がびっしりと固まっている花の場合、花瓶に挿してしまったら先端まで咲くことは稀だ。しかし、自然界では気候が定まっていれば咲くだろう。それも気候が定まっていればという条件で、すべて咲き切るのは常なることではないかも知れない。それができたとき、思いを遂げた「やさしさ」という。思いを遂げたとき、人は優しくなれるのか。満足したとき、優しさが湧くというのだろう。人は、満ち足りてこそやさしくなれるとでもいうように。

直喩ばかりではなく、暗喩と思われる歌も多い。

てのひらをくぼめて待てば青空の見えぬ傷より花こぼれ来る　『無数の耳』

この歌について、「青空にさへ、目に見えぬ「傷」があるといふ、隠喩。（中略）喩が、歌の中心にあるといふことは、大西民子の秀歌をよむ時、心してよいことではないかと思はれる」

と岡井隆は言う（「短歌」平成6年5月号）。

きららかについばむ鳥の去りしあと長くかかりて水はしづまる　『無数の耳』

落体となりゆくわが身思ふまで壁に吊られてゆがめるコート　『不文の掟』

一つづつ小石を置きて置きながら離（さか）りゆきたる人かと思ふ　『風水』

玉虫をあまた集めき玉虫をなべて逃がしきこの白き手に　『雲の地図』

一息（ひといき）にわが描（か）く薔薇は花びらのない真つ黒な色のかたまり　同

一首目、鳥が騒がしくしていて表面が波立っていた。その鳥が飛び立っていなくなっても、さわだちはすぐには静まらない、長くかかってやっと静かになる。人間界、人間関係でもありそうなことだ。何か出来事があって、いちおう解決したように見えても、心の中のざわつきはおさまらない。自分で納得できるまでには時間がかかるもの、そう読める。夫との関係を思い起こすことができるが、必ずしもそうではなくてもいい、職場関係であっても。

二首目、壁に吊るしてあるコート、歪んでいるゆえに、自分が落体となるというイメージ。洋服は持ち主の代理のようなものだから、これは容易にイメージできる。

三首目、一つずつ石を置いて、しかも置きながら去っていった人。これはおそらく夫だろうが、巧妙な比喩だ。男女関係のかけひきである。さっさと去っていったのではなく、石を一つずつ置いていく、何か事を一つずつ起こしつつ、しかし結果的には去っていく。一つの事を起こしながら去ることはなぜか未練を残すようでもある。だとすれば、こちらも不本意ながら引きずられてしまう。心理的に微妙に引きずられてしまう。男のやり方、男の狡さのようなものが捉えられている。

四首目、玉虫の歌は代表歌の一つである。玉虫は光沢のある虫で、玉虫色とは美しい色の代名詞。玉虫厨子(たまむしのずし)のように、美術品にも使われる貴重なもの。その貴重なものをたくさん手に入れたが、結局すべて失くしてしまった。他者から見ればまだすべて逃がしたとは言えないだろうが、その時点ではそう思ったのだ。少女時代はすべてのものが手に入っていたが、結婚後はいろいろなものを喪失している。

五首目、美しいはずの薔薇を描いても、ただその花びらは真っ黒な塊でしかない。描く薔薇とは何のことか。民子の場合、歌壇では立派に薔薇であり、真っ黒な塊ではないが、精神的なことでは、思っていた薔薇が描けていないという思いが強いか。

比喩の多くは、こうして心理的なことを詠うときが多い。心理・感情を詠うときは具体が難しい。自分でも捉えきれない感情があるはず。それは意識していないものが多いゆえに、比喩という技法を取らなければならなかった。

前衛時代の技法は、民子にとって便利な、重宝な技法であったのではないか。むろん民子は比喩という技法を知っていただろうが、短歌に取り入れていいかどうか迷いがあった。前衛短歌が積極的に取り入れたことで、民子の特色にもなっていった。

イメージの飛躍

ふり向けばいつの間に来て草むらに音もなくゐるシャガールの牛　『花溢れゐき』

身一つの置きどころふと韃靼の踊りのなかにまぎれゆかしむ　同

前半と後半、上の句と下の句の対比。上の句を飛躍させて一首の中にある世界を広げていくという技法。ロートレアモンの言う、解剖台の上でミシンと雨傘が出会ったように美しい、そんな出会いを民子の技法の中に観る。

一首目、振り向いたらシャガールの牛がいた。シャガールの牛の絵があったのではない。パラソルを差しているような牛だろうか。いずれにしても、けっして具体的な牛ではなく、抽象的で、色合いも単純ではなさそうだ。三句目の「草むらに」までは現実の場面かもしれないが、後半はそこにいないシャガールの牛を登場させている。なぜシャガールの牛だったのかは分からない。そうしたイメージだったとしか。

二首目、身の置きどころを韃靼の踊りの輪に紛れこませる。韃靼とはモンゴル系民族のことだが、ここでは韃靼人の踊りと考えて、ボロディンの歌劇だろう。クラシック音楽に詳しかった民子が想像する範囲にふさわしい場である。

しかし、どうして振り向けばシャガールの牛であり、韃靼人の踊りの中にまぎれていかなければいけないのか。そこに理屈があるわけではない。直感から来るイメージと捉えてもいいのではないか。

こうした飛躍の技法も、身に付けていったと考えられるからだ。事実や現実に縛られていると、狭く、堅苦しくなってしまう。そうかと言って、すべてを幻想や想像だけにたよるのではない、現実に近いところで、しかも飛躍のできる「場」を作りあげた。

立ち直りゆき得ぬわれと思はねどしんしんと冴えて黄の杜若　『不文の掟』
内実にそぐはぬ顔を持ち歩く朴あれば朴の花仰ぎつつ　『無数の耳』
沢瀉の水漬きつつ咲く日々の果て離合のことも肯はむとす　『不文の掟』

立ち直れない自分と杜若、内実にそぐわぬ顔の自分と朴の花、離合のことを想う自分と沢瀉とは、特別には関係はない。しかし心情から外の世界、とくに季節の花へ移すことで心情の比喩の役目をする。

自己の心情だけになると告白のような形になるし、自分の世界から広がっていかない。現実に付きすぎることを避ける。または、意味だけで伝えないという思いがあったか。

いけにへも運べるならむ谷深く一枚岩の橋を渡して　『花溢れゐき』
爪切りてやゝになごめる夜のこころ後生といふはいかなる生か　同
数へ切れぬ傷と思へど磨きたるガラスの向うは草萌えの丘　『野分の章』
吹きしまく砂塵にまなこ閉ぢをればめくれてゆけり野原一枚　『風の曼陀羅』
わが合図待ちて従ひ来し魔女と落ちあふくらき遮断機の前　『不文の掟』

一首目、谷に渡された一枚岩の橋、橋だから何かを運ぶときに使う、あるいは誰かが渡る、それを想像していって得た言葉が「いけにへ」であった。生贄とは儀式のための神への貢ぎ物。見方を変えれば、犠牲者であったかもしれない。

二首目、夜に爪を切ると親の死に目に会えないという。そこからの連想だろうか。後生という言葉に行き着く。

三首目、数え切れない傷のついたガラス窓、その向こうに広がる草萌えの丘。これも想像力だろう。数えきれない「傷」には心理的な意味もある。

四首目、目をつぶっていると野原が捲(めく)れていく。このあたりにくると、意味というよりは想像力。イメージを自在に膨らませていくことで、場面が立体的になっていく。

五首目、遮断機の前に居る魔女。「魔女」のような想像を自在に巡らせているのは、それほど多くはない。このあたりが、木俣の弟子たる民子の限界だった。やはり、現実をしっかり踏まえた場面展開を方法としていた。たんなる想像で、ありもしない場面を描くということはしなかった。魔女はあくまで心理的な比喩である。

空間を獲得するための夢

そうしたとき、もう一つの方法が「夢」だった。夢ならば現実から離れられ、自在に空想の世界を広げることができる。

「一貫して大西の根幹をなしたスタイル（方法）は、この幻視力であった」と小高賢は言う（「現代短歌」平成26年2月号）。

「夢」について、若い俳句作家とのやりとりを会話風に書いたものがある。

「夢なんてつまらないぜ、駱駝に乗って行っちゃう方がいいよ」

「そんなこと無理よ、やっぱり夢を見たことにするのよ」
「いや絶対駄目だ、ずんずん行っちゃう方がいい（中略）第一、夢なんていつまでも少女趣味じゃいけないよ」
「だって作者の可能性の問題ですもの」（「短歌研究」平成6年2月号）

また、次のようにも言う。

「夢を追い続けていけばそこに自分の生き方が反映するはずだと思っているんです。生き方の幅が狭いので、私には夢を見るしかないんです」（「波濤」平成7年2月号）

夢が単純に詠われているわけではないのが分かる。民子にとって「夢」は方法の一つだったのである。

アンダルシアの野とも岩手の野とも知れずジプシーは彷徨ひゆけりわが夢に
『まぼろしの椅子』

シャガールの牛や韃靼人の踊りと似ている。夢だからアンダルシアでもどこでも描ける。そして彷徨うのは、自分を反映させているのか。空想的なことを「夢の中」とすることで自在になっている。

跪きて沙漠に祈るターバンの群の一人たりしが汗ばみてめざむ　『まぼろしの椅子』
覚めぎはの夢に何言ひしや大きく光る目持てる埃及壁画の女　同

これは、現実と空想的な夢とを繋ぐ作品だ。ターバンの群れは先述のような場面の広さを思うが、夢の中で汗ばんでいたのは事実だろう。夢の覚め際に壁画の女性が何か言ったような、あるいはその壁画の女性は自分自身であって、何か言いたいことがあったのかもしれない。それを夢として、現実との間に隙間を作る感じだ。

亡き人のたれとも知れず夢に来て菊人形のごとく立ちゐき　『風水』
名を変へて移り住まむとしてゐたり生き生きと夢のなかなるわれは　『風の曼陀羅』
夢のなかといへども髪をふりみだし人を追ひゐきながく忘れず　『不文の掟』
責めたつるみづからの声にめざめたり夢のなかにてわれははげしき　同

これは本当に夢だったのだろう。夢の中に誰か出てきて、夢だからはっきり誰だかは分からないが、菊人形のようであったということはあり得る。

名を変える、名前を変えることは生き方を変えることでもある。人生をご破算にして出直す、夢の中の自分はそうすることで新しい人生を歩みたいと思うが、現実はそうはいかない。

民子の歌はおおかた穏やかな歌だが、三、四首目の夢の中の民子は激しい。おそらく心の中はかなり激しかったのではないだろうか。常に理性で抑えていた。その抑えていたものが、夢では露わになる。露わになることで、自分自身が驚く。髪を振り乱して人を追っている自分、あるいは自分の本性がそこにあるかもしれないと自覚する。だからこそ、長く忘れないのである。理性で抑えていた心、責めたてる自分の本心。それは、民子自身を驚かせたものではなかったか。

夢を自在に組み立てることで、空間を獲得していった。民子はあまり旅行をしていない。とくに外国には行っていない。心臓がよくなかったことで、外遊は不可能だったのだろう。その分、絵画や夢の中で空間を取り込もうとしたと考えられる。

絵画を通して時間を持ち込む

しばしば絵画を詠うが、絵そのものより描かれた花や少女のその後、描かれていない時間が詠まれているのだ。

絵はとうぜん平面で、その場の瞬間が描かれているが、民子はそこに時間を持ち込んで立体的な歌にしているのが特徴だろう。

玉乗りの少女は声をあげむとしいつまで堪へて絵のなかにゐる　『風水』
みづからの呼び醒ましたる潮ざゐにゆれ出す壁画の中の破船も　『無数の耳』
白百合の絵にまだ青きつぼみ見ゆつぼみも咲きて花終へにけむ　『印度の果実』
遠近の正しき絵にて動き得ぬ人間も牛の群れも苦しき　『無数の耳』

一首目、絵の中の、玉乗りの少女は、絵であるにもかかわらず声を上げようとしている。絵の中からの声を聞いているのである。

二首目、絵の中の破船、自らが起こした波によって揺れ出してしまう。これは比喩的にも読める。自分で呼び起こしてしまった波で、自分自身が揺れることになってしまう。そうした人生の出来事があったと読める。しかし、あくまでここでは絵画なのである。吉野昌夫は「破船に働きかけたのは大西の念力」だと言っている（「短歌」昭和57年8月号）。

三首目、絵に描かれた白百合、絵の中の百合はまだ蕾（つぼみ）。絵だから、その中で花開くことはない。しかし、そのときモデルになった百合は、今頃咲いて、萎（しぼ）んで一生を終えているだろうという。絵に描かれたから、永遠にそのままということではない。ここでは絵そのものには動きはないが、描かれた百合のその後を推測している。

四首目、また遠近法で、あまりに正しく描かれていると、描かれた人物が息苦しくないかと想像している。動きの無い絵、画面に動きを与え、動かない故に苦しいのではないかと。

絵とは一瞬を捉えるものであるにもかかわらず、そこに時間を持ち込む。動きを一瞬止めるのが絵画の特徴だが、作者の想像力とイメージの組み合わせによって、映画のような、時間、空間、動きなど、本来、絵画には無いはずのものを取り込んでいく。これを技法として確立した。

夢（架空）、絵（作者の創った異界）と現在（今の現実）を接合することで、独自の世界を持つことになる。

フィクション、イメージの拡げ方、夢、絵画という「場」を作り上げることで、現実との間にわずかながら隙間ができる。その隙間を掬（すく）い上げていく。

そして、現実に無い情景が出来上がっていく。平面的になりそうな一場面の切り取りではない。立体的あるいは時間的あるいは空間的な世界を描き出すことに成功した。

日常の幽（かす）かな心理を掬い上げる

帰り来てしづくのごとく光りゐるゼムクリップを畳に拾ふ　『風の曼陀羅』

ゼムクリップが畳に落ちていることなどよくあること。そして、だからといってそれがどうしたのだというような、「意味」があまりない歌がある。それが何となくいい、さっぱりとした味わいがある。何気ない日常の歌なのである。

民子のメインテーマではないかもしれないが、民子にとって意味のあるもので、微妙なゆらぎが捉えられている。

受診待つ乱座の中へ運ばれし煉炭の孔（あな）に視線あつまる　『無数の耳』

この歌について北沢郁子が、あまり面白くないような言い方をしたら、「あの歌は私大事な歌よ」「好きな歌よ」と言ったという（「短歌研究」平成6年3月号）。どう大事なのかは言っていなかったようだが、民子にとって受診待つなどの場面になにか意味合いがあるのかもしれない。情況からみるとかなり古い場面で、「大事」という言い方には思い出があるのだろうが、そのことには触れられていない。

遠景に藁家（わらや）のありて灯（ひ）ともれりふと人の出でて何か捨てたる　『不文の掟』

リヤカーを呼びとめたれば少年は地に筆算して柿売りゆけり　『無数の耳』

草にうもれ消火栓あるあたりより朝々に湧く蒿雀（あをじ）のこゑは　『花溢れゐき』

一首目、藁家というのも珍しいが、この頃はまだあったかもしれない。人が出てきて「何か捨てた」。日常の行為ではあろうが、場面として劇的でもなければ、そこに意味を見出そうともしていない。ディテールがリアルである。

二首目、リヤカーもかなり古い感じだが、地面で筆算するような少年が働いていた頃でもある。幼いものの働く姿、筆算という行為、日常ではあるけれど、民子が目を向けたのはけっして単純ではない。具体的で、輪郭をはっきり捉えている。写実的と言えばいえるが、デッサンのような写実ではなく、生活や少年の人生をも捉えている。

三首目、鳥の声が聞こえる、消火栓のあたりだという場所の捉え方、美的なものでもなく、おそらく意味もないだろうが、思いのほか存在感がある。

めくるめく速さに回る風車（かざぐるま）四つの角（つの）のたちまち見えず　『印度の果実』

音もなくすり抜けてゆきし自転車の林の道に入りたるが見ゆ　同

わが階と同じ高さのベランダを遠く手を振る思ひに眺む　『雲の地図』

一首目、風車が回り始めると、羽根が見えなくなってしまう。四つの角、という捉え方。静止しているものと動いているものの違い。哲学的でもある。

二首目、自分の傍をすり抜けていった自転車が、ずっと向こうの林の中に消えていった。ずっと目で追っていたのが分かる。

三首目、マンションやビルの中などで、同じ階の人と目線が合うことがある。何となく「手を振る思ひ」。手を振りたくなってしまう親近感を持つ。こんなところにも、日常の幽かな心理が掬い上げられている。何気ないようでいてピリッとした味がある。

何か言ふ人もあらねばこぼしたる黄の錠剤をかき寄せてをり　『風の曼陀羅』

乳母車にみどりごは居ずみどりごを抜きたる跡のふっくら窪む　同

屋上の灯のともりゐるところまで昇りつめたる目をひき戻す　同

裏表無しと言はれし洋紙なれ罫を引かむとして迷ひたり　同

一首目、薬を飲もうとして零してしまう。とうぜん拾って飲むわけだけれど、「何か言ふ人も」居ないと、さらっと言う。家族でも居れば何か言うだろうが。

二首目、嬰児が今まで居たと思われる窪み、単なる窪みではあるけれど「今居た」という実感がその窪みに表れている。そこにあるものを詠うのが一般的で、居ないとか、無いことはなかなか歌にはできない。居ないことを言いながら、実は居たという実態を感じさせるように作られている。

三首目、高層ビルを見るとき、だんだんに視線を上げていって、一番上まで来た、その上には何があるというわけでもないので、また視線を下ろすだけのこと。屋上の灯とは何だろう、夏ならビアガーデンでもあるかもしれないが、とくに何ということもない灯りなのではないか。誰もがバスや電車を待つ間、所在なくしている動作。本当に何気ない意味のない行為なのである。

四首目、紙には表と裏があるが、使い勝手がいいように裏表の差をなくすような工夫がしてある。しかし、かえってどっちに書いたらいいのか戸惑う。

メインテーマ、あるいは民子自身が意識的に出してくる場面とも違う、言ってみれば、長編小説ではない、あるいは短編小説でもない、物語性を持たないエッセイに近い味わいの歌がとても魅力を持っている。

知性の根底に漂うエロス

和泉鮎子によると、

きららかについばむ鳥の去りしあと長くかかりて水はしづまる　『無数の耳』

の歌について「わたしのうた、エロだからねえ」と言ったという（「現代短歌」平成26年2月号）。和泉もよく分からなかったが、あとで気が付いたというのだ。「ゼウスが黄金の雨となってダナエに降り注いでいるクリムトの絵を見たとき」「クリムトの絵は金、大西さんのうたは銀色、性愛の熱は退けられている」と。

ギリシャ神話の一話。父親によって地下の部屋に閉じ込められていたダナエのところに、ゼウスが黄金の雨になって降り注ぎ、ダナエは男の子を産む。クリムトの「ダナエ」は実に官能的だが、民子の歌からはストレートな官能をあまり感じない。

しかし、そういう目で見てくれれば、たしかに官能的な場面として読むことのできる歌ではあるかと思う。

ほの白く鶏舎（とや）に残りてゐし一羽思ひ倦みたるごとくはばたく　『不文の掟』

結び目はみな解きはなせ降るやうに楓の花の散り敷く日なり　『雲の地図』

よろこびはかくかそかにて水を打ちよみがへりくるパセリの緑　『野分の章』

前歯もて手袋を脱ぎししぐさなど思はれて恋ほし雪の降る日は　同

蜂蜜の底のこごりもゆるみ来（く）としたたらせをりケーキの上に　同

いつのまに身を抜け出でし魚ならむくれなゐのさす尾鰭を揺（ゆ）りて　『無数の耳』

戸がしまる音のしてより闇のなかの青きめしべはどこまでも伸ぶ　『花溢れゐき』

惑はしの言葉のごとく大津絵にほつつり赤し椿の花は　『印度の果実』

野の空のいづこに落ち合ふ蝶ならむふはふはとしてとめどなく舞ふ　同

ひとすぢの光の縄のわれを巻きまたゆるやかに戻りてゆけり　『花溢れゐき』

非常に具体的であるようでいて、物というよりは音や光、水といった形のないものが詠われることが多い。物体ではない形のないものには、作者の想像力や主観が入りやすい。

一首一首について何がと言われれば答え難（にく）いが、物語や絵画からさまざまなイメージを受け取っていたと思われる。

民子の歌にはベースになる何かがあると思う。絵画、音楽、古典文学、説話、神話、哲学などなど、あらゆる分野に造詣が深かった。

そうした知識の上にたって想像力を働かせていたに違いないのだが、そのベースになるものの知識が私にはないので、なかなか理解できないでいる。底知れぬ歌の深さを感じるのである。

第三章　喪失と、喪失の予感〈喪失の歴史〉

父に続いて子どもも失う喪失の連鎖

民子は二十歳のとき、父を失った。その前に姉を失っているが、何と言っても父を失うショックは大きかっただろう。

父は三人娘のうち、民子だけを連れて外出するなど、とくに可愛がっていたようだ。さらに、民子が優秀だったこともあって期待されていた。ただ可愛がるのではなく、期待という意志は受け取る側にとっては（むろん過剰な期待は苦しいかもしれないが）それに応えたいという発奮材料になる。発奮することは生きるエネルギーである。

そのエネルギーのもとが無くなってしまった衝撃は大きい。

さらに結婚し、出産。これが死産だったことで、子どもを失うことになる。もちろん嬰児は、母親にとって生きる張り合いになる。子どもを育てることは自分がどうしても必要な存在として、この世に繋ぎとめておく強い力だと思う。

親と子の絆とはしばしば言われることだが、子どもは母親をこの世に繋ぎとめておく綱である。

生きる意味を与えてくれる存在。しかし、民子はその子どもを失ってしまった。

円柱は何れも太く妹をしばしばわれの視野から奪ふ

『雲の地図』

夜の雪を漕ぎ来しブーツ脱がむとし何か失ふごとき怖れよ　同

一首目の円柱の歌は、妹の死を恐れた歌だと言われている。視野から奪うという臨場感と、その後まもなく妹を失ったことからそのような解釈がなされた。

しかしこの場面では、実は妹を同道していなかったという。出張で奈良に赴いた際、ちょっと立ち寄った寺。おそらく法隆寺のような大きな寺の柱で、視界が遮られることはあっただろう。向こうの景色や建物が見えない、事実関係を言えば、見えないのはその向こうの風景だったはず。そこに妹はいないにもかかわらず、妹と限定した。そこに、民子の「予感」性を感じさせるものがある。

二首目のブーツの歌の背景は分からないが、なにげない日常のなかでも、あえて言えば靴を脱ぐという動作から脱落感が導かれた。

そうした結果、失う予感のとおり、失っていくことになる。

煽られし楽譜を拾ふ時の間にドビュッシイもわれは逃がしてしまふ　『無数の耳』

青胡桃握りてをれば生涯のたつた一つの獲物ならずや　『雲の地図』

琴を弾く埴輪を見ればわが指に届かぬ弦のあるごとき日よ　『風水』

手に余るまで拾ひ来し樫の実をまた一つづつ地上へ返す　『雲の地図』
玉虫をあまた集めき玉虫をなべて逃がしきこの白き手に　同

一首目、クロード・ドビュッシーの歌は、音楽全般に対する比喩である。民子は音楽、とくにピアノが好きで、才能もあった。ピアニストになりたかったらしいが、経済的な理由などで叶わなかった。散らかった楽譜を拾っている間に逃がしてしまった。楽譜を拾っている間とはどんな場面か。比喩として読めば、父の死や戦争や、もろもろのことに騒然としているあいだに結局は逃がしてしまった悔恨。「ドビュッシイも」と言っている。その他の何かも逃がしてしまったという思いがあるのだろう。
『自解100歌選』（牧羊社）のなかでドビュッシーの歌について自解している。少し長いが引用してみる。

ひさびさにピアノに向かって、ドビュッシーの「水のたわむれ」を弾いていた。不意に風が湧いて、楽譜を吹き飛ばしてしまい、私はあわてて体を折って、楽譜を拾おうとした。再び譜面を立て、窓をしめて弾き直そうとするが、もう先ほどまでの気持は失われてしまっている。ドビュッシーが逃げてしまった、と私は思う。ドビュッシーだけではない、いろいろなものを取り逃がして生きて来た。私の一生というのは、言ってみれば、喪失の歴史であったのかも知れない。めぐまれた少女時代をすごして、何にでもなれると思った、欲しいものは何でも手に入ると思った、でも、何十年かを生きる間に、幸福の鍵のすべてを失ってしまった私ではないのか。

1986(昭和61)年に刊行された本で、民子六十一歳のときである。晩年に向かおうという時期、来し方を振り返っての言葉であるだけに重い。おおかた「大西民子像」が出来上がっていた頃と思われる。

二首目、青胡桃(あおぐるみ)の歌は、青胡桃というこんな小さな他愛ないものがたった一つの獲得物だったと読める。得たものを詠っているが、小さな他愛ないものなので、これぐらいしか得られなかった。反語的に、他のもっと大事なものは得られなかったということが主題である。

この歌は実際には青胡桃ではなかったが、「青胡桃」にしたと書いている。胡桃だけではなく「青」としたことで詩的なイメージを喚起させようとした。

三首目、「わが指に届かぬ弦」は琴を弾いている埴輪(はにわ)、埴輪だから弦そのものは見えない、無いのだろう。それを、見えないものを、わが指に届かないと感受する。

見えないものを見る視線、またそれを自分のもの、それも無いものとしている。さらに今の状態ではなく、「ごとき日」と言っている。その日の情感が、心のあり様の導入として、あるいは序詞のような役目を果たしているのだ。

四首目、樫の実の歌は多くの人がなす行為だろう。散歩などに行って木の実を拾う。何となく櫟や樫の実、椎の実は拾いたくなってしまう。そうして手に余るほど集める。結局は集めただけで何をすることもないので、また捨ててしまうことになる。一つ一つ地上へ返すと言っているのだから、失ったわけではない。失ったわけではないが返さざるを得ない。返すしかないことになる、得られなかったのは失ったのと同じことなのである。「手に余る」であり、「一つづつ」であるところに、無念の感じがある。

五首目、「玉虫」の歌は比喩である。比喩として玉虫が何だったのかは分からないが、「あまた集めき」と言っている。民子の少女期は本当に幸せだったのだ。ありあまる才能、勉学も音楽もスポーツも「すべて」に秀でていたのである。家族にも恵まれていた。経済的な理由で音楽のほうへ進めなかったと言っているが、岩手から奈良へ行くだけでもけっして容易(たやす)いものではない。その程度には豊かだったのだ。

しかし「なべて」逃がしたと言っている。父や母、夫、子どもそして今、最後の肉親である妹を亡くしてしまった。これで家族「なべて」なのである。すべてを失くしてしまった喪失感は何とも言い難い。

狼煙(のろし)あがる空はいづこかわざはひは怖るる者にのみ来るといふ　『雲の地図』

朝明けて白布に顔をおほひやり今いつさいをわれは失ふ　同

この二首は、まさに妹が亡くなったときの歌。同じ一連の中にあるのだが、狼煙の歌のほうが先に配置してある。しかし、ほぼ同時に作られたものだろう。狼煙の歌が予感ということではなく、恐れていたことが起こった。恐れていたから起こったのだという自覚。

不思議なもので、たしかに恐れているとそうなることはしばしばある。何かの順番で当たらなければいいなと思っているときほど当たるものだ。その恐れていることが、とうとう起きてしまった。「いつさいを」失うという、「なべて」「いつさい」という言い切りのなかに、全身の力の抜けていく感じがある。

不吉な予感を詠む

民子の歌には「失う」あるいは「失う予感」が多く、不吉を思わせる歌も多い。目の前の事象を捉える写実的な方法ではなく、むしろ見えないもの、あるいは感じるものを歌にする傾向が顕著なのである。

予感は、すべてと言ってもいいほど不吉な予感なのである。

想像力と言ってもいい。眼前の物事から時空を超えたところへ飛躍する、その飛躍の大胆さが予感のなかに出ている。

対岸の家にも明るき灯はともる何時までならむかかる平和も　『まぼろしの椅子』
落ちてゆく眠りのなかにまざまざと見えて昇れぬ楷梯(きざはし)を持つ　『不文の掟』
たはむれに銃先(つつさき)をわれに向けたりき不吉の予感ながく残りき　『無数の耳』
ガラスのビルを仰ぎてをれば吸盤を持たざる不意の怖れはきざす　『風水』
絹針をはこびて裾を絎(く)けてゆくたのしみなどもいつか失ふ　『風の曼陀羅』

一首目、たとえば対岸の家にあかるい灯がともっているのを見たとして、多くは平和だなあと感じるだろう。しかし、もう一歩踏み込んで、いつまで平和が続くのかという。つまり、平和は続くものではないという思いがあるのだ。それはやはり、自分の生きてきた道程において、あるいは経験においての発想なのだ。

二首目、眠りのなかに楷梯がある。しかし、昇ることができない。登れない、意志がそこで拒絶されている。しかも、楷梯を「持つ」と言う。「ある」ではない。民子にとっては「持つ」であって、自分の運命として持ってしまっていることなのだ。

三首目、たわむれに銃先を向けたとはどういうことだろう。当然ながら、銃を向けることだけでも尋常ではない。普通の生活ではそういう経験をすることは少ない。銃と言えば戦時中の場面を思い出すが、戦時中でも一般の人が銃を手にすることは、めったに無い場面ではないだろうか。

民子の父は警察官だった。犯人を追っていて銃で撃たれたことがあった。幸い、成田山のお守りを持っていて、それに当たった。そんな幸運で怪我をしなかったとエッセイに書いている。銃といえばそのどちらかを思い起こすが、どちらにしても日常的に民子が手にするとは考えられない。

これは、情景をフィクションとして作り出した場面ではないか、ドラマの一場面のような。しかし、その場を設定したとしても、不安感の持続という感じは残る。銃先を向けられれば、誰でも嫌な感じ怖い感じはする。また、これは自分自身が向けたのである。あくまで戯れだったが、一瞬でもその仕草をしてしまった。

戯れだから、すぐにその行為は止める。しかし、その感覚は長く残ってしまう。恐怖感は行為を止めた時点で終わるが、不安感は尾を引く。不安感は心底に残ってしまうもの。恐怖ではなく、不安感を表したかったのだ。

不安という感覚の特性とでも言おうか。恐怖は誰にでも分かるが、不安感というあいまいなものはなかなか伝達が難しい。

四首目、「不安」の得体の知れなさ。ガラスのビルでも上ろうというのか、吸盤がないから上れない。これもとうぜん比喩で、何か吸盤のような力強いものがあれば歩くにも容易いが、それを持っていない不安。

五首目、絹針の歌は『風の曼陀羅』に収録されているが、亡くなる二年ほど前の出版。晩年である。これは、現実的に裁縫などができなくなった感慨であろう。

民子は自分の洋服、妹の洋服はすべて自分で縫っていた。鬱々としたときには、思い切って上等な服地を買って縫ったりしていた。それが気晴らしだったのだが、それもできなくなってしまった。

「楽しみを失う」と言っていて、精神的な喪失感の不安とはやや異なるか。人生としてできなくなってしまった感慨を脱していない。今までしていたことができないという思いは寂しいものだ。

夢のなかや想像のなかで、不穏なものを感じる感性が人一倍強かった。誰にでも不安感はあるが、それをコントロールしながら生きていくのが人間で、民子はコントロールではなく、歌にすることで払おうとしていた。

スペードの2を引きしこと生涯の悲運のごとくながく忘れぬ　『花溢れゐき』
長く生きてやすらひがたき手相とぞ菜を洗ひつつ刻みつつ思ふ　『雲の地図』
過ぎにしやこののちなりや断崖に立つ日のありといふ占ひは　『風の曼陀羅』

一首目、民子は毎晩トランプ占いをやっていた。あまりよい卦がでないと、よいのが出るまでやっていたらしい。よくない卦を、そのままにしておいてはいけないという思いがあったらしい。

祖母が占いをしていて、他人の運勢を見てあげていた。しかし、母はそれを嫌がって占いをするなと言っていた。何か呪術的なことを嫌がっていたのだろうか。民子は人のことを占ったりはしなかったようだが、そうした予知能力を祖母から受け継いでいたのかもしれない。

スペードの2がどういう示唆をするのかよくは知らないが、一般的に言えばスペードは死とか剣とか、厳しいイメージを示す。2は数字の中では一番弱い。どのカードでもエースが一番強いはず。スペードを引いたことが、まずは死のイメージを持っているので、あまりよいとはいえない。

占いといっても多くは現在のことで、生涯を通してのことではないと思う。何かで状況が変われば、占いも変わってくるはず。しかし、この占いについては「生涯の悲運」というほど、強烈な印象を持ってしまったのだ。よい卦が出るまでやっていたのであればこの悪い卦は捨ててしまえばいいと思うが、もしかしたらこの日は何度やってもよい卦が出なかったのかもしれない。

二首目、トランプ占いばかりではなく手相も見ていたのか、あるいは「とぞ」というのだから誰かに見てもらったのか。他にも、流亡の手相などというものもあった。流亡といい、やすらいがたきといい、けっしてよい手相ではなかったわけだが、本当にそうだったかどうか分からない。

三首目、断崖に立つ日があるという占い。占いだから今後のことに違いないわけで、これもけっしてそうした占いが本当にあったのかどうか。

民子は、想像的なシーンを作り出したり、あるいは自己のイメージを作り上げたりすることもあったと思うからだ。一つの環境を作り上げていく技法も、考えだされた方法だ。

死のイメージから逃れられない

フィナーレに近づかむとし早まりて一個あがれる風船赤し　『風の曼陀羅』

烏瓜熟れて点(とも)れり最後かも知れぬと思ふ夏も終はりて　同

黄のセダンのうしろのドアがしめられて何かが終はる思ひしたりき　同

みづうみの旅より夜半に帰り来て思ふ寂しき晩年のこと　『まぼろしの椅子』

終の日の予感のごとしさかのぼりかぼそく光る水を思ふは　『野分の章』

予感の中には不幸の予感が多いのだが、そのなかでも「死」の予感が多い。

一首目のフィナーレに近づくとは、むろんこの歌だけで見れば何かのイベントと考えられるが、『風の曼陀羅』の作品、つまり晩年でこうした情景を自分に重ねることが多いのだ。全体的な比喩と見るのが妥当だろう。

二首目の烏瓜がなっている秋、最後かと思う夏、夏の最後ではない。何の最後かというと自分の人生、生の最後という意味だ。ようやく夏が終わったが、来年の、次の夏はないと思っているわけだ。

むろんこのあたりは予感と言っても、誰でも高齢になるとそんな思いはするもので、特別なことではない。実情に近いとなれば、やはり予感があったと言えるのではないか。これは叙情的で、高齢者が誰でも感じることとそれほど差はない。

三首目のセダンの歌は、かなり実感である。後ろのドアが閉められた事実が、この世の最後の扉かもしれないという不安。どこかに世を隔てる扉がある、あるに違いない。その扉。予感

という より不安感か。いつか、そうした光景がくるはずという。

死のイメージからは離れられないでいる。家族を早く亡くした、それも急死に近い人ばかり。それが一種のトラウマになっていたことは、これでも分かるのだ。

四首目の「みづうみ」の歌は、死ではなく「晩年」である。しかし、これは『まぼろしの椅子』の作品なのである。もっとも若い時代の作品でありながら、すでに晩年を意識している。死を想うより、むしろ晩年を想うことのほうが奇妙な気がする。

死は若くても訪れることがある。姉などを見ていれば、そういう想いになったかもしれない。しかし、晩年を想うだろうか。

五首目の「終の日の予感」は、『野分の章』で五十歳頃の作品。五十歳でも死を感じることはあるだろうが、細い水の流れを見ての思いとしては特殊だ。まして「さかのぼる」水。どんな場面なのだろう。

こうした死のイメージ、晩年のイメージを予感することで、一つの道筋をつけているような気さえするのだ。横に広がる思考ではなく、縦に、あるいは前に一本の道を作るようなイメージである。

民子の歌が平たい感じがしないのは、そうしたところからも来るのではないか。

明日ありと思はれずゐるわが前に光たばねて噴水あがる　『光たばねて』

どのやうな運勢の日か目の前がいきなり広く空くことのあり　同

二首ともに、最終歌集『光たばねて』に収録されている歌である。

一首目、「明日ありと思はれず」と言っているので、体調的に、かなり切羽詰まった感じがあったのだろうが、かえって光をたばねて噴水が上がっている情景には希望的なものが見え、けっして悲観的な不吉な感じはしない。ある意味では覚悟ができているのか達観に近いのか、不吉な予感を抱いているようではない。

二首目、「どのやうな運勢の日か」にも、占いの予想などを感じさせながら、目の前が広く空くと言っているので、さっぱりとして潔い晴れやかさがある。

ここでも「運勢」という言葉を出してくることで、何らかの予想をしている。今までの予感と共通している。ただ開けた感じを最後に見出したのだろうか。かえって、晩年になって前が拓けるイメージがでてくる。

晩年にかぎらず、全編には死の予感、不運な予感が満ちている。

馬場あき子は、「大西をおおっていた不運の予感、それはいってみれば、大西が若き日に抱いた温かな円満な愛に満ちた世界への憧れの裏がえしである。傷深い精神の欠落を満たす愛を求めながら、慰め切れない孤独な痛手として発見しつづけるほかなかったところに大西の作品的特質は育まれたといえるのではないか」と言っている(「短歌」平成6年5月号)。

恵まれた少女期とのギャップ、落差から生み出された喪失感が埋められることはついになかったのだ。

第四章　不安感〈人間存在の普遍的不安〉

生に対する普遍的な不安感

石臼のずれてかさなりゐし不安よみがへりつつ遠きふるさと　『無数の耳』

民子の歌全編に流れているのが、何とも言えぬ不安感である。

生涯的にみれば、早くに家族を失い孤独な人生だったのだから、生きる上での不安感は当然あっただろうと推測できるのだが、その程度ではおさまらないほどの不安感が漂う。もっと普遍的な不安感とでも言うべきものかと思う。

抄出の歌、石臼は、かつてはどこの家にもあって穀物を粉に挽いたりした。食べるには必要な道具、つまりは主食を作るためだったから、その必要性は高かった。

二つの石が重ねられて、うまく擦れなければいい粉ができない。ずれていたり溝がうまく機能しなければ、上質な粉ができない。

そうした主食に必要な道具が不具合だと不安だ。生活に支障をきたす、生活に、生きることに、人生にとって支障をきたすかもしれない。しかも、そこが故郷なのである。

どこの家にもあると書いたが、都会などでは当時でさえ実際にはもう使わなくなっていた。地方でもだんだん減ってきていただろう。しかし、石臼で象徴される故郷であり、根源的な生き方にかかわることなのである。

その根源的な石臼が、ややずれている。ずれてしまっていることの不安。上京したとしても、自分のルーツである故郷に不安があれば、一生その不安感は付きまとう。

民子にとって、この故郷での不安感こそ、人生の不安感をもたらしたものだったのではないだろうか。

かすかに罅(ひび)の入れる(はひ)グラス脅やかすごとき音(ね)をたつ湯を注ぐ時　『不文の掟』

かすかに罅の入ったグラス。深い罅ではないのに、ほんのわずかに入った罅が、結局は致命的な傷になる。致命的になるのではないかという不安。

むしろ、幽かな罅だからこそ不安なのである。大きな罅なら、割れるであろうことは想像がつくから諦めもつく。幽かだからこその言い知れぬ不安が、民子の中をずっと流れ続けていると言ってもいい。幽かな不安感に支配されている一生だったか。

その不安感は、ごく日常のなかに存在する不安である。大きなことをするときや初めてのことをするときは、誰でも不安なもの。それとはまったく違った、日常に、つまりは常に身の回りにある不安感。薄絹のようにまといつく不安感。不安の要素を嗅ぎ出してしまう性情があったのだ。

てのひらをくぼめて待てば青空の見えぬ傷より花こぼれ来る　『無数の耳』
山脈も芽ぐむ木立も遠く澄み空からこはれてくるやうな日よ　『雲の地図』
ひたむきに道をゆきつつパラソルの上はいかなる空とも知れず　『花溢れゐき』

一首目は、一見美しい情景である。空から花びらがこぼれてくる。私たちの日常のなかにも桜並木の下を通ると、花びらが舞い降りてくることがある。大方の人は、あら綺麗だと掌を出すだろう。民子も掌に花びらを受けた。

しかし、せっかくの青空なのに、この花びらは空の傷からこぼれてきたものだと感じる。真っ青な美しい空にも傷がある、傷があるからこそ、花びらが散ってくる。完璧のように見える空にも傷がある。たとえば、花びらが極楽のような美しいところから降ってくるという発想もあるだろう。美しい花びらなのだから。しかし、そこに傷をみてしまうのはなぜなのだろう。

民子の心のなかに傷があるからだと言ってしまっては性急だろうか。空にも傷があるという比喩的な把握は、なかなかできるものではない。だとしたら発想の段階で、作者の性情によるのではないかと思われる。

二首目の「空からこはれてくる」は、比喩であっても（もちろん空が壊れることはないので比喩しかありえないが）、空が壊れるという発想はどこからきたのだろうか。

しかも、遠景とはいうものの、芽吹きの時期なのである。芽吹きは再生でもあり、けっして暗い感じではない。遠景の山脈も「澄む」のであって、暗い空ではない。しかし、壊れてくると感じるのである。あまりに青空が綺麗で、かえって不安に感じることはあるかもしれないが、発想として「壊れる」という言葉が出てくるのは異様な気がする。

三首目のパラソルの歌。パラソルを差して歩いている状況。傘のなかだから空は見えない。見えない空を「いかなる空」と言っている。晴か雨かの空模様を想像するが、パラソルを差しているのであるから晴れているのは分かっている。したがって、空模様を「いかなる」と言っているわけではないのだ。

先の二首のように、傷があるのか壊れてくるのかということだろう。むろん無傷かもしれないが、パラソルで見えないと言っているわけである。

壊れてくる空も怖いし、傷のある空も怖いが、どんな様子か分からないことも不安の材料である。「分からない」ことが不安なのだ。たとえば、雨が降っているとしたら、困った状況ではあったとしても対処法を考えればいい。悪いことが起こったとしても、それの解決法は何とかあるものだ。しかし、どんな状況かが分からなければ対処もできない。どうすればいいのか分からないのが不安なのである。

見えない不安、分からない不安。パラソルで遮られていることによって不安が増す。

馬場あき子は、「大西の精緻な心のはたらきは、より些末な日常の何げない場面へと、まるで心理的な推理劇のように不安の影を広げてゆく」と言っている。また、「小さな欠落を発見し拡大することによって、存在を危うくする不安の要因が数かぎりなくひそんでいることをありありと浮かび上がらせるところにあるが、それはこうした自分史に即した崩壊への怖れに根ざすものであったかもしれない」とも言う（「短歌」平成6年5月号「大西民子の内なる風土」）。

そういう状況を、民子は見つけ出すようにして歌にしているのである。

日常を覆う心理的不安

そこに不安があるから詠うのではなく、不安を見出して歌にする、と言っていいだろうか。あるいは、他の人が感じていないところ、気が付かないでいるところに気が付いてしまう。

バスを降りし人ら夜霧のなかを去る一人一人に切りはなされて　『雲の地図』

日常的に私たちが使っている路線バスである。駅から乗り込んだ人たちは、それぞれの停留所で降りていく。降り立った何人かは、さらにそれぞれの自宅か目的地に向かって歩き始める。

その方向はそれぞれ。同じ停留所で降りたとしても、とくに知り合いでもない限り一人一人である。ごく普通にある、どちらかと言えば写実的な風景を詠んでいる。

しかし、民子は『自解100歌選』のなかで、「アウシュビッツの収容所を思い出す。ひとりひとり、衣服をぬがせられて、ガス室に向って歩かされるあの悪夢のような、影絵のような場面。(中略)バスをおりたひとりひとりを、四、五百メートル先の団地に待っているのは、どんなガス室なのだろう」と書いている。

バスから降りて自宅に向かう。普通なら、家族が待っていて、温かい夕ご飯が用意されていると考えるのではないだろうか。

一人一人に切り離されることで、ガス室をイメージするだろうか。こうしたイメージは直感だし、個人差があるところだが、少なくともこの歌を読んでガス室を連想する人はいないだろう。あえて自解をしているのだから、そう読んでほしいという意思があるはず。

どうしてガス室を連想したかは書いていない。連想したとしか書いていない。おそらく直感だから、本人でも何故と聞かれると明確には答えられないのだ。


支へなきわが生き方よ夜の空を鳴き交はしゆく候鳥の声　『まぼろしの椅子』

夜の間も人生は流れるものをとて読書に更かす夫にわれも縫ふ　同

落体となりゆくわが身思ふまで壁に吊られてゆがめるコート　『不文の掟』

たとえば、同じ不安感でも『まぼろしの椅子』では個人的な事情によることが多い。

一首目の「支へなきわが生き方」というのは、夫に去られすでに庇護してくれる父はいない。この時点ではまだ母と妹は存命だが、民子にとって支えとなるものではなかった。むろん精神的には家族がいるのは心強いが、民子は家長的存在であった。自分が母や妹を守ってやらなければならない立場である。

そんな中での父不在、夫不在は心細かっただろう。まして、夫はまだ正式に離婚はしていない、まだ頼りたい気持ちが勝っている。失うかもしれないという不安を抱いていたかもしれない。

二首目は、夫はいるが夜更けまで本を読んでいる、傍で縫物などしているが、「人生は流れるもの」と感じている民子がいる。初期の作品だが無常観が底流にある。この頃からすでに芽生え始めていた感覚だろうか。

三首目は、壁にコートが掛けられてある。しかも歪んでいる、その歪みが落体となる自分のようだという。落体とは、落ちてゆく物体のこと。落下する自分、落ちてゆく自分を想像している。自分のコートは自分の分身のようなものだから、コートが傾いていれば自分が傾いていると思うのはよく分かる。しかし、傾くのはともかく、落下まで行くかどうか。

その感覚が、民子の感覚、やや傾くというようなものではなく、一気に落下してしまう物体なのである。

一息にわが描く薔薇は花びらのない真つ黒な色のかたまり　『雲の地図』
わが合図待ちて従ひ来し魔女と落ちあふくらき遮断機の前　『不文の掟』
玉乗りの少女は声をあげむとしいつまで堪へて絵のなかにゐる　『風水』
ガラスのビルを仰ぎてをれば吸盤を持たざる不意の怖れはきざす　同
踏みはづす夢ばかり見て来しわれか霧のなかより縄梯子垂る　『不文の掟』

一首目は、一息に描くと言っておきながら、薔薇なのに花びらが無く、真っ黒い色としての塊でしかない。一息に描いたから、一つ一つの花びらは存在の影を消してしまったのか。それにしても、真っ黒い塊は不吉なものを思わせる。民子の歌としてもかなり観念的で抽象的な歌である。

二首目の魔女の歌も、怪しく、不気味である。合図の末に落ち合うのは遮断機の前、従ってきた魔女と遮断機の前でどんな行動を起こそうとしているのか。

三首目の絵の中の玉乗りの少女は、民子自身であってもおかしくない。バランスの危うさに耐えて、やっとの思いでその場にいる。声を上げながらも耐えているのである。

四首目は、ガラスのビルを見上げているのだが、これを上るためには吸盤が必要、しかし、吸盤を持っていないから上るには不安というわけである。人間は吸盤を持っていないのだから、当然のことではある。民子はこのビルの側面を上っていくことを想像しているのだろうか、むろん比喩的にだが。

五首目は、踏み外す夢を見る。何から踏み外すのかは分からないが、後半に縄梯子が垂れているのだから、梯子から踏み外すイメージだろう。むろん夢だから抽象的な場面だが。

階段を上る、梯子を上るという上昇志向の一端が窺える。上に行こうとしても、踏み外してしまうという。そしてその縄梯子は、踏み外したあと、新たな縄梯子なのか、今踏み外した縄梯子なのか。「霧のなかに」ではなく「霧のなかより」だから、新たなものかもしれない。しかし、それもやはり踏み外してしまうのに違いない。

踏み外す、落下する。

夢占いによると、踏み外す夢は仕事や恋愛に失敗・挫折を意味する。落ちることは、自信喪失や不安感の高まってきたときと言われる。

これはタロット占いではそう言われていることで、民子がしていた占いではどうか分からないが、やはり似たような傾向にはあるだろう。
実際に踏み外す夢ばかり見てきたかもしれないが、占いをする民子は、あるいはこうした場面を設定していたのではなかったか。いい夢だって見たかもしれないのに、それは歌にしてこなかった。民子は一つの場を意識して設定をしていた。フィクションに近いが、作り事ではなく、歌にする場面としない場面とを分けていた。実際にあったことを、何もかも区別なく素材としたわけではなかったということである。

切り株につまづきたればくらがりに無数の耳のごとき木の葉ら　『無数の耳』
まどろみの隙間をみたす水ありてただよひゆけりわれのてのひら　『花溢れゐき』
どよめく群衆のなか一本の旗とわれはなりてゆさぶられゐつ　『無数の耳』
心か何かのやうに吹かれてどこまでもころがる落ち葉とどまる落ち葉　『雲の地図』
つらなめて輝ける把手（ノブ）風のやうに開（あ）きていざなふドアなどあるな　同

一首目、暗がりに落葉があった、それが無数の耳のように見えた。造形的に耳の形に見えたかもしれない。しかし、耳だけが落ちていたとしたら不気味である。その不気味さは、暗がりであることが要因だろう。もう一つ、「躓いた」という作者側の不用意な場面、不安定な場面が、心理的不安感になって、耳の形を見させてしまった。蹟くという動きが必要だったのだ。

二首目、ただよいゆく「われのてのひら」、まどろみの隙間をみたすとはどういう状況だろう。夢の中でもない、覚めてもいない、その水のなかに漂っていく掌。掌だけが漂っていくのは不気味だ。デフォルメの技法とは別のように思う。

無数に散らばっている耳、漂いだす掌。身体の一部が漂っていくのもけっしていい夢ではない。この歌は夢の歌ではないが、イメージとして幻覚のような、現実感の無い場面、抽象的な場面である。

三首目、一本の旗となって立っているのは、象徴としてか、中心人物として糾弾されているようでもある。責任者として、あるいはリーダーとしてどよめく群衆の中にいて、揺すぶられている。どんな理由か分からないが、群衆に揺すぶられる怖さ。おそらく逃げ場所がないのだ。逼迫した現実があるのだろう。

四首目、落葉のように転がる心、ではない。今、現実には落葉が転がっている。風が強い日などにはしばしば見られる情景で、とりたてて不思議なことは無い。しかし「心か何かのやうに」である。心はどこまでも転がったり留まったりするものだという前提があるのか。

たしかに、心は一定ではない、ずっと同じところに留まっているわけではなく、かといって転がり続けるものでもない。心の比喩としての落葉ではなく、落葉の比喩として心をもってきている。

五首目、「つらなめて輝ける把手」とは、たとえばマンションやオフィスなどのようなところで、ドアが並んでいる場面を想像する。並んでいるドアは、部屋の中へと誘う場所である。しかし、風のように開いて中へ誘うという。つまり、中はよいところではない。行きたいところではない。死をイメージしてしまうのは強すぎるか。けれど、あるドアが開いてその中に入っていくことこそ死だというイメージを持つことができるのだ。

人間存在そのものへの不安感に昇華

全編に広がる不安感は、夫や父、さらに子どもを失ったこと、後には母や妹を失ったこと、そうした現実からもたらされたものだろうが、しかし必ずしもそうとばかりとは限らない。個人の感情や事情、状況に留まることなく、言ってみれば人間存在そのものに対する不安感に昇華していることが見て取れる。

現実の不安感から、人間の根源的な不安感に深まっていくのである。

完きは一つとてなき阿羅漢のわらわらと起ちあがる夜無きや　『不文の掟』

みづからの呼び醒ましたる潮ざゐにゆれ出す壁画の中の破船も　『無数の耳』

一首目、「完きは一つとてなき」という。川越には喜多院があり、五百羅漢の石像がある。たとえば、そうした仏像を思い起こすことができる。五百羅漢というのだから五百体ある。さまざまな姿でそこにある。しかし古いものだから、当然完全な姿ではない。手が薄らいでいたり、鼻が欠けていたり、指が無くなっていたり。それでもそこには生命が宿っていて、誰もいない夜更けに、わらわらと立ち上がってくることがあるのではないかと想像する。

石の像が立ち上がるのは怖いだろう。しかも五百人も。石像といえども人の形をしている。意志を持っているかもしれないではないか。

馬場あき子は、「死んでいるはずのものが蘇る不安といえる。過去として葬られたものは蘇る時を保留しているというのは根づよい大西作品の主張だといえるだろう」と言っている（「短歌」平成6年5月号）。また、「〈はばたきて降(お)り来しは壁のモザイクの鳩なりしかば愕きて醒む〉のモザイクの鳩、ああいうヨーロッパ風の気分を愛する大西民子と、阿羅漢が起ちあがる、つまり岩手県という風土を背負った大西民子とが、ぶつかってくるのよ、この『不文の掟』」と言っている（「短歌研究」平成6年4月号）。

われわれ人間にも百人百様の人がいて、それぞれが主張し始めることがある。そうした人間の行動の底には不安感がある。あるいは、自分もわらわらと立ち上がってしまうことがあるかもしれない。人間の中には、はかりしれない何かがある。

二首目、壁画の中に描かれている破船。破船だから、もう動かない。動けない。その動けない破船が、自ら呼び醒ました潮騒によってまた動き出すことがある。潮のさしてくる音はどこから聞こえてくるのか、その波を動かす力が破船にはある、あるのではないかという直感だ。どこからか聞こえる潮騒ではなく、自ら呼び醒ますのである。自分の中の何か、欲望であったり、叛意であったり、復元であったり、何かの意志がある。破船でさえ意志を持っているかのように。

とても怖い歌だと思う。絵の中の破船が揺れだす不思議さもあるが、自ら呼び醒ますという強い念力のような意志。

夢に見てながく忘れず蛹から出てゆくときのかの恐ろしさ　『雲の地図』
内よりの力に割れし卵かと籾殻を分けてゐる手が怯む　『野分の章』

一首目、蛹から出るとき、つまり生まれるとき、生物はどんな気持ちなのか。多くは生まれる歓びに燃えているのではないか。生きる意志は生きる喜びである。

一般的に言えば、生まれること、生は喜びなのである。どんな生涯になるかは不安ではあるが、希望が不安を抑え込んでくれるのが普通である。夢で見たと言っているが、本質的に生まれる不安のほうが勝っているということだ。

こうした不安はどこから来るのか、民子の性情なのだろう。境涯からくる感覚もある、経験からくる思いもあるかもしれない。しかし、そればかりではない本質にかかわりがある。

人は、生物は、生まれるとき、蛹から羽化するとき、本当に希望に燃えているか、不安はないのかと問われれば、改めて考えてしまう。そうした現実を突きつけているかのようである。蛹が羽化する不安に焦点を当てれば、人間存在の不安感の本質が見えるのかもしれない。喜びと不安、どちらに強く焦点を当てるか、である。

二首目、昔はよく卵は籾殻に入れて送られてきた。指先をゆっくりと差し込んで探り出す。あらかた取り出して、もう無いかなともう一度差し込んでみると、一つ残っていたりしたものだった。その一つが割れていた。籾殻で守られていたとしても完全ではない。一つくらいは割れてしまうのだ。

割れていた卵、衝撃で割れることが多いが、自らの力で割れる、つまり孵化(ふか)しているかもしれないのである。そんなことはまず無い。無いが、割れていたことで、かえってそこに生命を見る。卵はもともと鶏の生命そのもの。あるいは、割れてしまったことで、卵が(生命が)死んでしまったかもしれないと思ったか。

生命がそこにあるかと思うと手が怯む。わたしたちは命の前に敬虔である。生まれ来るものに対して敬意を持っている。その生命を傷つけてしまったかもしれない。あるいは、生命を冒瀆しているかもしれないと。

生命そのものへの畏れとも言えるか。籾殻のようなところに命が潜んでいたことへの驚き。蛹から羽化するときの畏れ、生まれでようとしている命への驚き。正反対なのだが、どこか通底するものがあるのではないか。

人が生まれ、そこにある不安感。存在する不安感が根底にはある。

死にたるは影さへあらずビー玉の気泡の幾つ透けて散らばる　『風水』

死んだものは影さえ存在しない。ビー玉の中にある気泡のように。透けている、透明とは、無いのではなく、在ったものが無くなったという感覚。あるいは在るはずのものが無いという感覚。不確かな無ではなく、その蔭に存在という事実がある。ここではその存在が無いということである。在るべきもの、在ったもの、在るはずのもの、すべての存在がベースにあった上での不在感である。

死んだものは影さえないという把握は、刹那的でもあり厭世的でもあり無常観もともなう。

これが不安感のベースなのだ。

石臼の歌に戻れば、本来きちんと重なっているべきもの、重なっていてこそ機能するものが、わずかにずれていることで石臼の役を果たせない不安感につながる。

在るものが、その存在の意味を持たない、あるいは持つ意味を薄めてしまっている。


きららかに車ゆきかひわが持てるライプニッツの思想も古りぬ　『花溢れゐき』

三国玲子は、この歌を「ライプニッツ風に理解すれば、無限小を通して無限大の宇宙を表現しようとする姿勢こそ、大西作品の基盤であったことに卒然と思い当たった」と言ってる（「短歌」昭和47年4月号）。まさにその通りで、民子の作品の素材は実に些細なことで、日常のなかに紛れて見失いそうなことばかりなのである。それでいて歌の内容が深い。無限大の宇宙というほどの大きさ深さは、簡単には読み尽くせない。

大西民子の歌を読むとき、どうしても境涯にこだわってしまいがちだが、個人の境涯から来る不安感に留まらず、人間が本源的に持っている、存在としての不安感へと昇華していったことに注視したい。

第五章　生き方〈家を背負う〉

家族を支える強い思い

大西民子と言えば、多くの人は、帰らぬ夫を待ち続けた女とか、終生夫のことを忘れなかった人とイメージしているだろう。民子自身がそのようなイメージを読者に抱かせる作品も作っていたので当然なのだが。しかし、本当にそうだろうかと私は思っている。

むろん、夫の出奔は人生最大のアクシデントだが、ある時期以降は、夫とのことはある程度ふっきれていたのではないだろうか。ある時期というのは、妹と二人暮らしに入ったあたり。妹が〝伴侶〟として伴走者となったことで癒やされていったと思う。

離婚は１９６４（昭和39）年だが、その前から夫は家に帰らなくなっているので、もう復縁は難しいと考え覚悟もしていたと思う。そして、妹と二人の暮らしになる。

民子はある意味「男」だった。家長的な資質がある。庇護する対象を持ったことは、かえって安定につながったのではなかったか。もちろん、夫とのことは、たとえふっきれたとしても大きな傷として残った。

民子は、才媛であった。文学だけではなく、スポーツも数学も、歴史も哲学も音楽も絵画も、西洋東洋の文化にも通じていた。これだけの人はなかなかいない。まして盛岡に限って言えば、稀なる存在だったはず。そして「誰より幸せになる」はずと、誰もが思っていた。それほど恵まれた才能を持っていたし、それを自覚していた。学生時代の日記の中には、自覚していたと思われる箇所がある。

「そうであるはずの自分が、大きな躓きをした。夫が自分をないがしろにした、プライドを踏みにじったという傷は生涯残ったの。ざくっと芯にとどく深手である」

夫への情というよりプライドが傷ついたことのほうが大きかった。彼女にとって誇り・プライドは侵すべからざることだった。

また、同郷の石川啄木に憧れて放浪したい思いがあったと書いている。そのために、学校も奈良という遠い地方を選んだとも。

しかし、一方では先生に勧められ、奈良のほうが適していると言われたとも書いている。どちらが本当かというより、両方あったのだろう。

また、流亡の相であるとも言われ、それを受け入れていた節もあるが、私はどちらも余裕をもって受け入れていたように思う。

なぜなら、結果的にそういう行動はしていなかったからだ。確かに盛岡からは遠い奈良の学校に行ったが、卒業して就職した学校はずっと近かった。盛岡ではなかったが、同じ岩手県の釜石だった。奈良に留まって奈良の学校に職を得てもよかったのではないか。

結婚後、二人で上京することになったのも、夫に引きずられるように上京したとも書いている。自分から進んでということでもなかったのか。一方では、どうしても東京に行きたかったとも言っている。

後には、夫が小説を書くためなら自分が仕事をして生活を支えてもいいと思ったと言っている。流亡だったのはむしろ夫のほうだった。必ずしも「仕事＝定住」というわけではないが、仕事をすることは、定住に結びつくものである。

大西氏と結婚した理由として推測するには、彼が若く希望に燃えていたこと。芥川賞を目指していたこと。文学の話、哲学の話ができる相手はそう多くはなかっただろう、その理想に合っていたからだ。

「高島田も結わない、白無垢も着ない、写真もとらない結婚式であったが、私は持っているうちの一番いい着物を着て彼の脇に坐った。それは誰一人賛成者のいない、ただ新憲法にだけ保障された結婚であった」と書いている。新憲法、つまり本人の意志。「本人の意志」がその後もずっと民子の生き方を決めていた。自分の意志で決めたこと、だからこそ失敗だったとは言いたくないのだ、プライドにおいて。

新しい夫婦の理想をそこに描いていた。「青春の再発見をしましょう」と言って結婚したという。周りからは大反対を受けた。母親も反対だったが、はっきりした理由は書いていない。

学校の先生同士なら、とくに問題はないはず。これも推測するに、文学のため、小説を書くためには家庭を顧みない人だったということ。つまり、人柄の問題が反対理由ではなかったか。大西氏が一人っ子であることなども理由であった。当然ながら、夫の家族の面倒を見なければならない。菅野家では、大黒柱の父を亡くして民子が戸主のようなものだったから、母や妹は不安だったかもしれない。

しかし、民子は反対を押し切って結婚した。むしろ家庭を顧みず、文学に打ち込む夫の姿に憧れたのではなかったか。そこには一つの民子の理想の文学青年像があった。

むしろそうした無頼の、流亡のようなところを自分のものとして重ねていたのではないだろうか、憧れとして。そして民子はそれを支えようとした、自分のできないことをしている夫を支えることで、憧れを満たそうと。

ずっと後、晩年には自分の遺産をあげてもいいと言っていたらしい。どういう思いだったのか。これは夫に対する未練でもなんでもないと思う。無頼を通した夫に対して、支えてやるという思いだったのではないか。「短歌研究」（昭和36年10月号）に、「「如何に生きるか」よりもむしろ、「如何に堪えるか」で必死であった」と書かれている。

誰にも賛成されない結婚であり、失敗に終わったが、それを梃（てこ）にして生きてきた。北沢郁子の言うように、不孝であっても不幸ではなかった、少なくとも文学の上では不幸ではなかった。

他者の目と出世欲

一方、民子には出世欲のようなものもあった。

最後の職場では、新しい図書館ができることになり、その準備室に勤務した。あるいは新設館長になれるかもしれないと思っていた節がある。当時、女性の館長は珍しく（今でも埼玉県では女性の館長はいない）、もしなれたとしたら新聞に載るだろう。しかし、館長にも副館長にもなれなかった。部長どまりで、五十七歳で退職した。部長でも女性の役職としてはかなり稀なほうだ。身体的なことが、館長・副館長になれなかった大きな一つの理由ではなかったか。

また後年、師の木俣修がお歌所（歌会始のことか）の選者になり、民子は召人（めしうど）として参列した（『回想の大西民子』砂子屋書房）と北沢は書いているが、民子の経歴のなかに召人というのが見つからない。あるいは陪聴ではなかっただろうか。そのとき「このまま、まっ直ぐ行けばお歌所だわ」と言ったという。木俣修の推薦で、お歌所の選者になるのを望んでいたのだろうかと北沢は書いている。

実生活では隣家の人に鍵も預けて掃除なども頼んでおり、民子は案外孤独に弱い人だとも言う。

母と妹、夫と民子と少しの間は夫の母も一緒に住んでいた。この二つの家族を持っていた。

双方の齟齬（そご）もあった、経済的にも厳しかったのではなかったか。妹が図書館にアルバイトに行っていたが、その保証人には夫がなった。すでに夫は帰ってこなくなっていたのにである。北沢は、「民子が夫に繋りを求めていたいじらしい気持」と言っていたが。さまざまなことがあっても夫と繋がりを持つ、あるいは家族として繋がりを持つということだ。

〈今はもう聞かれずなりぬ問ひ詰めて臓腑ゆすぶるごとき言葉も〉の歌について、北沢は民子の生き方を詰（なじ）るようなことだったのではないかと推測する。家族、妹にとって民子は、誰よりも立派になって自分たちを守ってくれるはずではないかという不満があったのではないかと推測している。家の人たちはみな民子に期待していたし、頼りにしていた。結局、家族の思うような人生ではなかった。

結婚の失敗は民子個人のことばかりではなく、家族の期待を裏切ったことへの悔恨ではなかったか。

民子が終生、恋々と別れた夫への慕情を断ち切れなかったように見えるのは、作歌の立場をそこに置いたという見方もあるが、すべてを捨てて彼のもとへ走ってゆけなかった民子の事情が、結局は妹を取った形となったのだ。それだけ未燃焼の部分を残していたのだろう、と北沢は書いている。

亡くなった妹の蔵書を欲しいという人がいて、すべてを一度に渡してしまったという。非常に大切にしていたものだが、妹にとって大事な人だったかもしれない。ある意味、潔かった。「すべて」「一度に」というところに、民子の生き方を見る思いがする。

民子は母を回想して、母は、父の死後つぎつぎと父のものを燃やしてしまった。何かつぶやきながら一抱えずつ父の遺品を庭に運んで火に放つ。私は、夫の帰らなくなって以降、十年間夫の書物をそのままにして動かさなかった。どちらが怨念の深さであったか、と言っている（「短歌」昭和53年12月号）。

潔い母であったが、こういう例を見ると民子の、すべてを一度に渡してしまうあたりは似ているのかもしれない。

何事を口走らむか意識失ふことなどのわれにありてはならず　『雲の地図』

みづからのこめかみ押して堪へむとす分別といふがよみがへりつつ　同

今のまに反故の類ひも焼きおかむ身を絞り人を恋ひし日ありき　『野分の章』

オルゴールを閉づれば戻るしじまありよはひは既に乱を好まず　『風の曼陀羅』

北沢は共に旅行をしたとき、民子の素顔を見たことがあったらしい。そのとき、「素顔のほうが肌が滑らかで健康的でいい」と言うと、「ダメ、素顔なんか見せられない」と言われたという。素顔を見せないことも一つの生き方だった。

もっとも結婚したとき、ただ一人夫だけは素顔を見せられる人だと書いてあった。素顔を見せるかどうかに拘った生き方だった。

民子にとって、乱れることは、あってはならないことだった。人前で意識を失って、何かとんでもないことを言ってしまわぬか。とんでもないことというより、おそらく本音を言ってしまうことを恐れていたか。

死の際に居ても一糸乱れずとは、どれほどの意志だったかと思う。

こめかみを押さえてまで耐える、分別があって言ってはならないこと、これは仕事のことや人間関係の何かだと思うが、単に怒りを抑えてということより、怒りで自分が乱れているところを見せたくなかったのだ。

今までの反故を焼く、つまり本音を言ってしまった歌を始末しておく。単なる失敗作ではなく、内容に問題があるもの。身を絞って人を恋した過去があるから。つまりは人を恋う過程で、人に見せてはならない歌があった。

「よはひは既に乱を好まず」と言っているが、齢にかかわらず乱を好んでいない。むろん年を重ねてから乱れるのは不本意に違いないが。「乱」とは何か。混乱、乱を起こす、改革のようなものか、ではなく乱れること、自分が激情にかられることだ。逆に言えば、若い頃には

「乱」があったということである。

他者の目、どう見られるかを強く意識していた。それも自らの誇りのためだ。幼少期から才媛と呼ばれ、誰よりも幸せになる、誰よりも世に出ると思われていた自分の乱れを晒してはならないという矜持。

「民子は悲劇の妻の立場から脱出しようとは思っていなかったようである。社会人として職業人として生活者として菅野民子さんの本音を、もっと歌に聞きたかったように今は思うのである」とも北沢は書いている。

誰よりも幸せだった幼少期を少しでも下位に位置付けることはできない。歌壇のなかでの民子は十分に評価されていたが、しかし世間一般からいえばそうとは言えないかもしれない。文学は社会的にはそう認知されていないから。今なら「生産性がない」と言われそうだ。もう一つ、社会に認められないこととは別に自分の尺度があり、それにも及ばないということもあるのではないか。

民子の理想は、夫や子どもに囲まれた家庭であった。そのなかで夫は小説を書き（むろん芥川賞など受賞し、ほかの賞などを受けて世に出ることも条件）、自分はその傍らで歌を作る。むろんこれも世に認められる。最高の形としては歌会始の選者になるなど、文学や短歌にかかわりのない世の人でも認めてくれる存在になることだった。

現実は遠く及ばなかった。

負い目と誇り

右の手のこのまましびれてしまふとも左手に得よ必ず何か　『雲の地図』
足もとの枯れ草に火を放つとも熔けず残らむわが石一つ　『野分の章』
来む世にはゑのころぐさとわがならむ抜かれぬやうに踏まれぬやうに　『光たばねて』
生まれかはることのありとも物陰をうそうそ這ふ虫などにはなるな　『雲の地図』

一首目、右の手が何らかの理由で使えなくなったとしても、残ったもう片方の左手では何かを摑む。左手に何か得よ、という命令形は自分に言っているのだ。自分に言い聞かせている。何か失っても何かを得る。失ったままであってはならない。

北沢も、妹が亡くなったことも悲しむだけではなく、歌の一つのテーマとして切り開いていくだろうと言っている。そのとおりだったと思う。玉虫をすべて失った歌もあるが、けっして失っただけではない、そこから得たものも多い。これは、右手を失っても左手で何かを摑もうとする意志と言ってもいい。

二首目、足下に火を放つとはどういうことだろう。なにかアクシデントがあって、周りの枯れ草が焼けたという状況ではないわけで、自ら火を放つのである。そうであっても、必ず残るはずの「わが石一つ」である。

石は意志に通じる。石、つまりは意志の表出であるところの作品・歌だろう。民子という存在そのものが残ることともとれるが、歌が残れば民子が残るのであって同じことである。こうした意志や確信、自信が民子にはあったし、確かなものにしたいという強い願望があった。

三首目、エノコログサの歌はどうだろう。雑草としか言えないような草。民子にとって雑草を詠うのは珍しい。常に確たるものを求め、自信を持って生きてきた。エリートだという意識があった。誰からも認められた才媛だった。恵まれた資質を持っていたことを自覚していた。その眼が、雑草に向き、抜かれないように、踏まれないようにと願う。取るに足りないものであっても命を持っている。命を持っているものに対して目が向けられたこと、弱者に目が向けられたことは珍しかったのではないか。

〈若き日のわれの不孝を知りゐたる最後の一人妹も亡し〉。北沢は「不孝」であったことについて、遊学させた娘が卒業して帰郷、憧れの袴(はかま)姿の女学校教師としてマドンナのような存在であったのも束の間、恋愛、結婚、死産、出奔とどんなに母を悲しませたかと書いている。本人は何も語らなかったというが、おそらくその思いは強かったに違いない。

結婚以降の、それも反対を押し切っての結婚だったのに、その後思うようにいかなかった。

親の期待に応えられない負い目は終生ついてまわった。

四首目、「生まれかはる」の歌は妹に向けて言った言葉。亡くなって後、生まれ変わるとしたら物陰を這うような虫にはなるなと言っている。北沢によると、「あまりひどいじゃないか」と言うと、「妹だから言う、あの人はそういう人だから」と言ったという。

妹は、あまり世間に出ず、引っ込み思案だったようだ。むしろ、人を避けて静かに暮らしていたい性格だったらしい。したがって、生まれ変わったら物陰を這っているかもしれないと思ったのだろう。

しかし、誰にとっても生き方として、物陰を這っている人生ではいけないというのが民子の人生観だった。夫と別れるとき、季節になったら白い靴くらい履けるようになってくれと伝言している。当時は、夏になったら白い靴を履くのがステータスだった。その程度の身分にはなれということ、端的に言えば出世しろということである。

この時はすでに芥川賞などを目標に置いてはいないかもしれないが、少なくとも社会でいちおう恥ずかしくない生活をしていてほしい。

妹への歌はそれとはやや違うが、しかし矜持を持って生きよというメッセージとしては共通している。誇りを何よりも大事にしている姿勢がみえる。

木蓮の落花一ひら拾ひ上ぐ女一人生きてゆかねばならぬ　『まぼろしの椅子』

竜胆（りんだう）の花を活けをれば先の世も後の世もひとり棲むかと思ふ　『印度の果実』

働きつつ貧しき日々よ棄てばちの生き方のふと美しく見ゆ　『まぼろしの椅子』

支へなきわが生き方よ夜の空を鳴き交はしゆく候鳥の声　同

さまざまの帳（とばり）がありてめぐりあはぬ一生（ひとよ）と思ひながく眠らず　『無数の耳』

一首目は、信条としての生き方ではなく、生きている現在の状態である。「女一人生きてゆかねばならぬ」という言い方、捉え方は今になっては古いかと思う。「女一人」と言うときの底には、女は家族を得て夫に庇護されながら生きるものとの概念がある。民子もその概念のなかにいて、しかしそうではない立場に立つ。古い型であるが。初期のことで、決意のような思いだった。

二首目の竜胆の歌はやや違う。「先の世も後の世も」と言っている。「先の世」とは前世のことで、前世が一人だったかは分からないし、自身でもそうだったという思いはとりたててなかったと思う。「後の世」を持ち出すための言葉の綾で、あえていえば前世ではなく「現世」を先と言ったのだろう。しかし、やはり言葉のほうが優先されている。北沢によると、あの世にいけば父や母、妹やローリエもいるから死ぬのは怖くない、と言っていたという。だとすれば、後の世に「ひとり棲む」ことはない。

このあたりは「ひとり」がテーマのようなもので、強調していたのだ。現実感より長期間の「ひとり」を強調するためと思われる。

三首目、四首目の「働きつつ」「支へなき」の歌は、『まぼろしの椅子』の作品で、夫との関係が不安定な時期。はっきりと一人になったのではなく、帰ってくるかもしれない、帰ってこないかもしれない時期。実際にはもう帰ってはこない公算が強かった。したがって、自分へ言いきかすような意味合いになっている。

この時点では、他者に訴えるより独白というか、己に確認したり、自分で納得しようと努めているようでもある。

五首目、「さまざまの」は、その現状が複雑で、いろいろな状況があって嚙み合わないと言っている。夫と妻の二人だけの関係ではなく、他に何人かの人が絡んでいる状況。たとえば姑、母、妹、夫の愛人などである。単純に二人だけの愛憎問題ではないと言いたいのだ。

たしかに人間関係の問題は、たった一つということはなく、逡巡が多かったことは推測できる。民子本来の生き方を貫くためには、かなりの抵抗があった。

立ち直りゆきたし君の背離さへ一つのアンチテーゼとなして　『まぼろしの椅子』

彼の背離でさえも、アンチテーゼとしてこれから生きていきたいと願う。何かあってもそれを梃にして生きていく強さ。強さを持った女性だった。

小説家志望の夫の傍らで、自分は歌を作る。生活面は事と次第によっては自分が引き受けてよいから、夫には志望を遂げてもらいたいと思っていた。

北沢は妹の死後、「民子が悲しみのあまり死ぬなどとは、考えなかった」、民子はこれも「テーマの一つに加えて、これからも生き抜くだろう。自分の歌業のプラスにしてゆくだろう。妹の未完の運命も享けて、より強く生きてゆけるだろうと信じた」と書いている。「死者は死者として、自分はこの苦しい胸の内をなだめつつ、一日一日をしのいで生きてゆこう。そうすれば、何とかなる、という辛い覚悟を示している」と。

旅に出たとき、郊外でバスが無かったので慌てていると、ああいうときは慌てることはない、何とかなるからと言った。「民子は自分は誰かに護られている。危ういことがあっても、越えられると信じていた。誰かというのは自分が背負っている家族たちの魂だろうか」と北沢は書いている。

民子自身は夫を頼りに生きていく姿勢を示してはいるが、本質的に自立した強い女性だった。

マイナス点をプラスに変えてしまう強かさがあった。
「ひとり」の強調は多少演出の部分もある。むろん日常的に寂しいのは本当だろうが、それで怯む生き方ではなかった。

かの里のならはしとしてはだしにて墓より帰りき世継ぎのわれは　『野分の章』

父が亡くなって、姉はすでに亡く、女であっても家を継ぐのが習わしだった。戸主というのがこの時代まであったかどうか分からないが、戸主の責任はある。戸主という制度は1947（昭和22）年に廃止された。法的にそうではなくなっていたとしても、とくに地方では古い習わしが残っている。家を継ぐのは重要な責任だった。

牧水なども、跡目相続のことで姉たちから責められることもあったらしい。

家を継ぐのは重圧なのだ。ここでは納骨のあと、後継ぎは裸足で帰るのか。そういう習慣を私は知らなかったが、後継ぎなのだから裸足で、と誰かに言われたのだろう。そのとき、はじめてその重圧に気づく。

年月が経ってすでに家を継ぐという形式的なことはなくなったが、古い女である民子は意識の中ではそれをずっと引きずっていた。実際に収入があったのは民子だけである。

家を守る、家を継がねばならない。そのために結婚して子をもうけなければならない。しかし、どれも叶わずにいる。結婚しないということは、単に自分一人の問題ではなく、家を継げない負い目があったのだ。

家についての歌は多くはないが、家系を守る意識は強かった。家を守る、家族を守る戸主・家長としての責任を背負っていた。母は当然として、最後まで妹を見たのもそういうことである。

釜石時代に、父が亡くなって家に仕送りをしていたのも、家長的な意識があったからだ。それを夫は理解しなかった。というか、夫が家長であるべきなのに、それをしなかったし、菅野家の面倒までみる気はなかったのである。だとすれば、経済的に弱かった母と妹を見るのは当然のことだった。このあたりから推測すると、結局、民子は菅野という家から離れることはできなかったのではなかったか。

北沢によると、大宮に二世帯あった頃、経済的には母たちは日常生活に困らない程度の貯えはあったと書いている。

一方、民子の小説の中では五千円の借金があったと書いている。むろん小説をそのまま現実と受け取ることはできない。

どちらが本当かは分からないが、けっして楽というわけではなかっただろう。

一本の木となりてあれゆさぶりて過ぎにしものを風と呼ぶべく　『風水』

どのやうに生きても一生（ひとよ）繭なさぬ糸を吐きつぐ一生もあらむ　同

玉乗りの少女は声をあげむとしいつまで堪へて絵のなかにゐる　同

いずれも『風水』の作品。実生活から少し俯瞰するかたちで人生を見つめている。

一首目は、自身が一本の木だったという意識。木はそこに生まれ、そこで育ち、そこで最期を迎える。じっと動かない。そこへさまざまな風が吹いて、揺さぶっていった、さまざまなことがあって揺さぶられた。しかし、それはみんな風だったのだ、何かの形で残っているものではない、吹き過ぎてしまう風なのだと。

二首目は、どのように生きようと一生は一生、繭をなさない一生があってもいいではないかと、居直りともとれるし、達観ともとれる感がある。

繭をなすとは、生命を次の世に繋ぐことだが、それについて民子は繰り返し繰り返し、形を変えて詠んでいる。その意識は強かった。

『風水』は五十代半ば過ぎの上梓で、この時期になると達観の意味合いが強くなってきた。ただこの時期、再婚の機会があったようだが断ったと聞いたことがある。もうすでに、歌壇では

「大西民子像」が出来上がっていた。それを崩したくなかったか。実生活より文学性を取ったのだ。

三首目の玉乗りの少女の歌は、むろん自身ではないし、実際に目の前に居る少女でもない、絵画の中の少女だが、危うい玉の上で、声を上げず、しかし声を上げそうな顔で、それでも玉から降りようともせず、必死に耐えている。

絵だから動くことは無いのだが、こうした危うい玉の上で耐えている少女に向けている視線は、どこか自分にも向かっていると読める。

玉の上で必死に耐えている少女は、自分の世界にいて外に出ようとはしない。その生き方と、どこか通じる。

ひと世かけてわれは何せむ三代を経て出づるとふ黒薔薇のいろ　　　　『風の曼陀羅』

黒い薔薇を作ることは並大抵ではない。何代か続けて、掛け合わせて掛け合わせてようやく黒を出すことができる。三代掛けても出ないかもしれないのだ。代々それを継いでくれる人がいてできること。むろん子や孫とは限らないが、おそらくそうした近親者をイメージしている。そうしてようやく偉大なことができる。

それに反して、一代で終わる私は何ができるのだろう。一代でできることなんて大したことではないんじゃないのか、と言っているのだ。
ここでも自分の代で終わること、大きな仕事ができないと結論づけている。

自己認識と、規定されたものへの思い

では民子自身は、どのように自己を認識していたのだろうか。自分自身をどのように見ていたか。

何事も抽象化してしまふわれと思ふ充たされゆくやながき空白も　『まぼろしの椅子』
石などに似て来しわれと思はねど石も呻くと聞けば歎かゆ　『無数の耳』
丸衿の紺の制服幾何を好む少女のわれはいづこへ行きし　『花溢れゐき』
胸ふかく刃をひそめゐむわれかをりかさなりて冬の波寄す　同
牙(きば)むくといふことのなきわが上(うへ)を弱しと決めて妹もゐる　『雲の地図』

「何事も抽象化してしまふわれ」「石などに似て来し（否定はしているが）」「幾何を好む少女」と自己分析をしている。なるほど、文学少女ではあったが幾何も得意だったのだ。しかし、胸深く刃をひそめていたりする、牙をむかないから弱いと見ているかもしれないが、実はそうでもないと言いたいのだろう。

こうした自己認識はなかなか面白い。他者から見たときにはそう見えるかどうかとは関係なく、自分でそれを設定しているのであるが、自己認識ばかりではなく、外に向かっての物の見方の姿勢でもある。

幾たびも電話に呼ばれつゆの世のわれと忘れてはなやぐ日あり　『風水』
まろまろと昇る月見てもどり来ぬ狂ふことなく生くるも悲劇　同
どのやうに身を刻むとも恋ふるともあめつちにただひとしづくなる　同

「つゆの世のわれ」「狂ふことなく」「あめつちにただひとしづく」。何事も抽象化してしまう我ということになる。

性格の自己分析とは違う、そのときの現状の把握である。こうした自分の立ち位置や性格などを分析する冷静さと理論性がある。

それが「狂ふことなく」なのかもしれないが、女性歌人で自己分析をする人はあまりいないのではないだろうか。

累ね来し錯誤と思へどその過去に規制されゆく未来と知れり　『まぼろしの椅子』

因果応報ではないが、原因があって結果がある。「未来」とは結局、「過去」に規制されてしまうのだという認識。今までの行動は、やはり過去に規制されてきたのだという結論に、自分のなかで達する。諦めとは違うが、それに近い諦念がある。

身を逼む不文の掟思ふ夜もミモザがこぼす黄なる花びら　『不文の掟』
遠近の正しき絵にて動き得ぬ人間も牛の群れも苦しき　『無数の耳』
道のべの紫苑の花も過ぎむとしたれの決めたる高さに揃ふ　『野分の章』

一首目、「不文の掟」という歌集名が入る歌。文にはなっていないが、暗黙の掟がある。掟とは誰かが決めたものだが、いったい誰が決めたのか、結局は自分で決めているのである。「掟」という語彙の選択のなかで、自分自身に縛られている。

二首目、規定されたものを認識する。遠近法がきちんと描かれた絵のなかでは、描かれたものでも気持ちが苦しい。

三首目、神の采配だろうが、どの花も謀反を起こすことなく一定の高さを保って咲いているのだ。花でさえ、誰かが決めたかのように背丈が揃っている。

いったい誰が決めたのだ、と反発しているのか、人の手の届かない何かの法則で決まっているもの。人間でいえば運命のようなものだろう。今あるのは運命としてそこにあるということ。努力の他のことなのである。

そんなことを考えていたのではなかったか。「規定されたもの」――、言い換えれば、すべてのものが規定されているとも言えるのである。

第六章　死生観〈死にちかくいて〉

短命の家族の中での死生観

民子の父は五十六歳で亡くなった。在学中に父の病を気遣う歌があるので、しばらく病んでいたのだろうが、長病みというほどでもない。姉は二十二歳、妹は四十歳。いずれも急逝だった。もう一人ケイ子という妹がいたらしいが、おそらく嬰児のうちに亡くなったのだろう。民子ともあまりかかわりを持たないうちに亡くなったのか、文章や歌に触れられてもいない。しかし、早世した妹がいたという意識は持っていた。

周りにこれだけ早死にの人がいれば、どんな死生観を持つことになるのだろう。

「死ぬならば突然に死にたい」と言っていたという。

これは少し晩年になっての感じ方だが、母親の介護をしていた妹が耐えきれなくなったとき、「もう少しだから」と励ましたという。実際は半年ほどのことで、長い介護生活でもなかったと思うが、一人で全部引き受けるには重いものがあったのかもしれない。「もう少し」とは命のこと、もう少しで終わりだからとは、つまりは長生きしてほしいはずの母の死を待っていたとも解釈できるわけで、後に自分でも悔いている。

妹の死後、民子が家に帰ると、部屋においてある揺り椅子の位置が変わっていることがあった。妹が帰ってきて、しばらくこの椅子に座って遊んでいったというのである。北沢が魂になって帰ってきたのかと聞くと、魂ではなく、実際に帰ってきたのだという。だから、椅子の位置がわずかに変わっていたのだと。死んでも何かが残っている、妹がいるという感覚。生と死のはっきりした線引きがない。むろん、妹という存在だからだろうが。

太っているから早く死ぬと言いつつも、長命を信じている節もあった。手相を信じているようだった。占いを信じていた。民子の生命線は長く、くっきりとして、親指の丘を回って、手首まで伸びていたと北沢は書いている。

妹の生命線は短かったから短命で、手相占いが当たった。しかし、生命線の長さが命の長さとは限らず、運勢の強さをいうのだとも言っている。

生命線の長さに頼る思いが心底にはあったものと思われる。家族は短命だったが、その分自身が長生きすると。

水底の藻屑とふ語にも憧れき死は美しと思ひゐし日々
『まぼろしの椅子』

これは奈良の采女(うねめ)神社の伝説を詠ったもの。学生時代にこのあたりを巡り歩いた。二十歳に満たない少女にとって、帝の寵愛(ちょうあい)を受けられなくなった女が身を投げたなどという伝説を哀れと受け止めていたのはよく分かる。

この時期にはまだ「死」は遠いことであり、一種の憧れでもあった。

読みさしを机に伏せて出で来しが迎への舟の待つにもあらず　『風水』

この歌について、尾崎秀実の『愛情はふる星のごとく』の中の「死が呼びに来たら、読みさしの本を閉じて、ご苦労さまと従ってゆきたい」という一節をもとにしているのかもしれないと北沢は言っている。

民子も死に従おうとしているのか。先に逝った死者が、寂しがって呼びに来ることがあるとしばしば言われる。夫婦や親しい友達がたて続けに亡くなると、そんなふうに言ったりするものだ。

妹が亡くなったあと、民子は風邪をこじらせていたことがあったらしい。そんなとき、「エゴイスティックなくらい生きる希みを失わなかった」と北沢は書いている。また、写真の民子が妹に似ているというと「イヤー」と叫んだという。いくら妹でも、呼びに来られるのは困ると強く思っていた。

非常に「死」に近いところに居て、というか居たからこそなのか、死を恐れていた。

突然に死にたいというのは、早世したいのではなく、死を目前にしているのが嫌だったのだ。心臓病を抱えてはいたが、養生すればそれほど突然にということはなかっただろう。たとえば、癌などで余命何カ月と告げられるよりは突然死のほうがいいと思ったか。

死は念頭にはあったが、けっして近いものではなかった。生命線が示すとおり、長命の根拠もあったのだから。

片方では、家系が途切れるという予感はあった。

父の祖先に三尺太郎兵衛と呼ぶ武士がいて、やたらに人を斬ったために二本松城を追われて浪人になった。その因縁で、三百年後に子孫は滅びるという伝説があった。そろそろ三百年になると父は言っていたが、娘が三人もいるので安心していたのか、笑いつつ話していたという。

その三百年が間近に迫っている、つまり自分の時代のことを指していると父親が言っていたというのだ。一見迷信のようだが、たぶん迷信だが、だんだん実感を持つようになった、というより、それに近づいてきているのを実感しただろう。

あるとき、北沢のところに電話をかけてきて「子どもを産みたい」と言ったという。もちろん母性的な理由もあっただろうが、死なせてしまった子どもへの償いのような思いもあったかもしれない。子どもを産まなければ家系が絶える、予言通りになってしまう。それを阻止したかったのか、あるいは予言は本当ではないと、証明をしたかったのか。

「あの世へ行けば父も母も妹もローリエも待っていてくれて、みんなで昔のような楽しい団欒(だんらん)がある。だから死ぬことは少しもこわくない」と言ったという。

妹が亡くなったときに〈生まれかはることのありとも物陰をうそうそ這ふ虫などにはなる

な〉という歌があり、転生を信じていたところもあったのか。

また、〈地下深く何祝ぎごとのあらむ日か花サフランの湧き出でて咲く〉の歌について、「この世から姿を消した家族たちへの思いがあった。サフランは死者たちが地上に咲かす花であった」と自解している。

無常観と死への道筋

踏み台を蹴るは最後の勇気とぞ意識の底に何か瞠く　『野分の章』
入水のときもかくなすらむか履きものを脱ぎて揃へしときに思へり　『風水』
瀬戸物の触れあふ音のしてゐしが唐突の死をわれは願へる　同
どのやうにおろされにけむかの大き薬種問屋の看板などは　『風の曼陀羅』

夫が帰らなくなってとうとう離婚ということになったとき、あるいは家族のうちのたった一人残っていた妹が突然に亡くなったときなど、死にたくなったとか、あるいは死んだら楽になると思うことはあっただろう。しかし実際には、自ら死を選ぼうとして考え込んでいたことは無かった。

離婚のあたりでは、母と妹を守らなければならなかった。北沢の言うように、「エゴイスティックなくらい生きる希みを失わなかった」のだから。

一首目、二首目の踏み台を蹴ったり、履物を揃えたり、とは観念である。いっそ死んで、などということを本気で考えてはいない。

三首目の「唐突の死をわれは願へる」といっても、死にたいのとは違って、醜い死に方をしたくないということだ。むしろ、死の美化とでも言おうか。

四首目の薬種問屋の歌は、店の看板のことと読んでもいいが、ものの最期、終わり方として受け止めた。店の終わり方も人間の終わり方も同じだ。どうやってケリをつけるか。死に方は生き方でもある。薬種問屋はどんな終わり方をしたのか。


ねんごろの見舞ひなりしが去りぎはに人のいのちを測る目をせり　　『風の曼陀羅』

病気の人を見舞う。もちろん回復を願っているわけだが、どこかに他者の死期を測るようなこともある。見舞いに行った帰りに、病人の前では見せなかったが、もう長くはないなどと思うこともあるのは確かだ。見舞われた方は、帰りぎわのその瞬間の「目」を見逃さない。

他者の死とはそんなものだ。民子はしばしば死さえもロマンのある歌い方をする。厳しく辛くても、どこか劇的なドラマチックな描き方をするが、これはシビア。冷徹なものの見方をしている。人間の本質をズバリと掴む。

死はすべてを解決するといふ語句も思ふ時あり不和は苦しく　『まぼろしの椅子』
鰭も持たず翼も持たず終るならむ長き刑期のごとき一生を　『野分の章』
夜の明けの地震に醒めゐて生き死には一如といへる思ひに遠し　『花溢れゐき』
白百合の絵にまだ青きつぼみ見ゆつぼみも咲きて花終へにけむ　『印度の果実』

一首目の歌は『まぼろしの椅子』のなかで、死んだらこの苦しみから解放されると思えた。この「死」は、必ずしも自分が死ぬことではないかもしれない。ドラマは、どちらかが死ねば終わり。相手が死んでも解決はする。何があっても「死」はすべてを解決する、絶対的なものである。むろん相手の死も、ましてや自分の死も願ってはいない。苦しいままでの不和、解決が死以外に考えられない不和というものの、つまりは生きていることの苦しさをストレートに詠っている。

二首目、鰭も翼も無い、つまり自由に行動することができないと言っているのだが、これは魚に言わせれば、足がないのだよと言うかもしれない。観念的ではないか。「長き刑期」という言い方も、少し劇化しているように思う。民子自身は何かの罰として受け止めているのだろうが、しかし歌からは自分の罰とは窺えなかった。

三首目、「生死一如」という仏教用語だが、こちらの精神状態によって納得できるときもあれば、本当にそうなのかと疑うこともある。生と死は紙の表と裏。切り離せないもの。朝の地震に目覚めたとき、生きていると感じる。地震で死んでいてもおかしくないのに、生きている。やはり生と死は一如ではないのではないか。生には必ず死という裏はあるが、今、生きている。

四首目の蕾の歌は、深い。今、蕾を見ている。まだ咲いていない。これから咲こうとしている花も、やがて咲いて、その先は枯れていく、死んでいくのだ。

人間も、幼い子どもであっても、いつか大人になり死んでいく。すべてのものは最後には死んでいく。萎（しお）れた花を見て、死を想うのは当たり前だが、まだ咲いていない花（蕾）を見て死を想うのはなかなかない。

無常観と言ってしまえばそれまでだが、死は生から続いているものであり、しかも必ずたどり着く。生から死への道筋が見えてしまった一瞬ではなかったか。無常観を持っていたとしても、その現実、そのあり様を目前にして、感受したと思う。

しかもここでは、絵に描かれた百合なのである。絵であれば、永遠に蕾のままのはず。絵の中で開いたり萎んだりすることはない。その絶対の状況の中から、咲き終える死を予測しているのである。

たとえ絵であっても、この百合が描かれたあと枯れたに違いないと推測したのだ。あるいは絵であっても、この百合は咲き終わるという詩的断定をしたのか。いずれにしても、生の中に死を見出している。しばしば絵画を歌にしているが、時間の停止したなかへ時間を持ちこもうという方法である。

洗ひたる皿のたちまち冷えゆくは死にたる人の冷えゆくに似る　『印度の果実』
物体の重さとなりて運ばるる日もあらむ身を横たへ眠る　『風水』
おのづから意識遠のき豆電球のごとくになりてしまふときあり　『風の曼陀羅』
来む春も必ず生きて夜桜を見むと人にも今日は言ひたり　同

一首目、台所仕事をして食器を洗う。お湯で洗っていると陶器はやや温かい。しかし、水切り籠に移したとたんに冷え始める。人間も死んだとたんに冷えていく。一時間に一度程度、体温は下がっていくらしい。たちまちである。
女性はおおかた台所仕事をして、お湯で洗った後、食器の温度が下がっていくのを経験している。経験してはいるが、死後の体温低下と比較する人はあまりいない。それほど民子にとって「死」が身近にあった、常にあったと言ってもいいのではないか。死にたいということとは違う、死がどういうものかを身近に見てきたということでもある。

父母のときはともかく、とくに妹の死が大きく影響している。亡くなった傍らで校正をしていたという。言い換えれば、仕事をしている傍らにいた妹の体温は下がり続けていたのである。そうした実体験がベースにある。

清水房雄は〈来む世には誰にスカーフ編むらむかこの世に見にし人も忘るる〉について、「既に死後の世のうちなる己になりきっている」という。生と死が一体化したようにも読めるのである。

二首目の物体の重さは、しばしば子どもが眠りこんでしまうと、重くなる〈ような感じがする〉ことがある。したがって、眠ったまま運ばれると「物体」としての重さになる。おそらく命が無くなって運ばれるときは、つまり生物ではなく物体になる、ということだ。

いつか死を迎え、目覚めることがない。眠るときの不安感、このまま目覚めることがないのではないかという不安。それが命のない物体になることなのだ。実際、早朝自宅のベッドで発見されたのだから、その通りになったわけである。常に不安でいる人に不幸は来る、というから、いつも恐れていたことが実際になったわけである。物体になるという事実。死んでしまえば物体なのだという、醒めた意識を持っていた。

三首目の豆電球の歌は、かなり晩年の歌で、実感だっただろう。死を確実なものとして捉えるのではなく、肉体の衰えを素直に言っている。哲学的な死ではなく、民子にとっての日常詠に近い、平たい歌だ。

四首目の歌も、必ず生きて来年の桜を見ると言っているのは、見られないかもしれないという前提、死の予感のようなものがあって、それを意識的に打ち消そうとしている。

老いの意識の歌に入れてもいいかもしれない。しかし、民子には老いの意識はほとんどない。六十七歳は、現実的にはまだまだエネルギーのある年齢だが、世間的に言えば十分老いである。死を身近に感じながらも、老いを身近に感じることは無かった。

生命線が長かったので長生きするという思いもあったらしいが、しかしやはり死のほうが近かったと思われる。

すきとほる化身(けしん)などにてさまよはむわれと思へば寂し死の後(ご)も　『花溢れゐき』

死にたるは影さへあらずビー玉の気泡の幾つ透けて散らばる　『風水』

いづくまで昇るか知れぬ昇りゆき土に戻らぬ穂わたもあらむ　同

「死」に対する思いは多くの人にもある。とくに高齢になれば意識することは多い。多くは、死んだあと子どもがどうなるだろうかとか、残された人のことへ思いは及ぶ。民子には心を残していくものが無い。後顧の憂いが無い。

死後を想像することはありうる。ありうるが、死んだらどこに行くのだろう、どういう状態になるのだろうという歌は、あまり多くはない。

一首目、死後の世界、透き通る化身などになっているかもしれない、その状態でさ迷っているかもしれないという思いは、どこから来るものなのだろう。「さまよはむ」と言っているので、さ迷うかもしれないというより、きっとさ迷うだろうという確信に近いものがある。現世の反映として、つまり現世でさ迷ったからあの世でもさ迷うに違いないと。現世と違うところは透き通っていることくらいか。

透き通ってはいるが、「死後」の世界があるという前提である。死んだら何も無くなるのではない。

しかし、次の二首目では、死んだら影さえ無いと言っている。何も無いというのだろうか。この二つは矛盾するようにも思う。死んだら何も無くなるのと、死んでも透き通る化身のようになるという。どちらも透明になって見えなくなる、あるいは影の無い何者かになるという考えか。

いずれにしても生きているときに感じる実体は無くなる。無くなることへの恐怖なのかと言えばそうではなく、無くなるのだという認識。ビー玉のなかの気泡、気泡というのだから空気だろうが、空気のような存在になるということか。ビー玉を見ているときにそう感じたのだが、何も無いものを感じるのは特殊だろうか、透明であっても「無」ではないのだ。

けっして死んだ子どものことばかりではない。「死」というものの認識だ。父や妹は共に暮らした実感があるが、子どもに対しては気泡のような感覚もあるのか、気泡のように淡い存在だった嬰児。

三首目、たとえば、蒲公英(たんぽぽ)の綿毛は風に飛ばされ、どこかの地に落ちて、そこで芽を出す。そこで新しい生命が誕生し、繁殖していく。しかし、中にはどこにも落ちず、そのまま空にいるままの綿毛もいるのではないか。あるいは、途中で分解してしまって、種の用をなさなくなってしまうものもある。

必ずしも、すべてが転地して生命を宿すとは限らない。言ってみれば、生物として完成しない。途中のままに終わってしまうものもあるだろうという想像である。

人生的には自分を重ねている。

民子は結婚し、子を生(な)し、孫を生(おお)し、生物としての完成を望んでいた。しかし、それは叶わなかった。初めから虚無的な思いを持っていたわけではない。むしろ健康的な思考だったと思うが、片方で家族が早世してしまったことで、虚無的な思いも併せて持ってしまった。

土に戻らぬ穂絮(ほわた)。あるいは流亡に通じるものか。現実的には一所に落ち着いて暮らしてはいたが、どこにも落ちない綿毛のような人生は流亡に他ならない。

戦争への思い、同時代性

民子には、一般的にいう社会性のある作品はあまり見当たらない。

しかし、「ベトナムに平和！　歌人の集い」で事務局をしていた三国玲子が「現代短歌集'70平和への希求」への協力を依頼したところ次の歌を送ってきたという（「短歌」昭和47年4月号）。

遠き夜の記憶のなかに立ちそそる照明弾の下の樫の木　『花溢れゐき』
あたためしミルクがあましいづくにか最後の朝餉食(は)む人もゐむ　同
降りやまぬ雨の奥よりよみがへり挙手の礼などなすにあらずや　同

それについて三国は「反戦歌としてちゃんと筋の通った、しかも大西短歌の独自性をも主張している」と賞賛している。

照明弾とか挙手の礼などで、かつての戦に、気持ちのうえではかかわりがあるとは思うが、「あたためし」になると必ずしも反戦と読めるとは限らない。民子は連作をしないので、前後の歌でそれらしいと推測ができるわけでもない。しかし、「平和への希求」という総タイトルの中におけば、三国にとってはそのように解釈できた。

人間としての一生、誰でもいつか「最後の朝餉」をとることになる。今この瞬間にそれを迎えている人がいるかもしれないという推測は、反戦の意図とは別に深い内容を持つ。

民子には、青春期に戦争を体験した同世代に対する深い思いがある。「挙手の礼」の歌は、対象が誰だったかという推測もなされるが、私は特定の対象はいないと思っている。つまり同世代の、学徒動員に駆り出された若者なのではないだろうか。同じ世代で戦争の犠牲になった人たちに対する哀悼、というより憤りとも言える。

戦争を知らない世代なら使わないだろうと思われる言葉が時々出てくる。照明弾や挙手の礼などは、戦争を知っている世代の語彙なのである。

野に伏せて艦載機の過ぐるを待ちにしが草合歓などの今も咲けるや　『風水』
遠き夜の記憶のなかに立ちそそる照明弾の下の樫の木　『花溢れゐき』
欠航となれば渡れぬ海なりし魚雷のうはさ町に流れて　『光たばねて』

これらは記憶の一部、かつて経験した事柄がベースにあって、作者には実景として見えているると思われる。

砲身の長さを覆ふシート打ち雨音しげし停車の間(あひだ)　『無数の耳』

どういう状況で「砲身」があったのか分からないが、実際には「砲身のながさ、ほどの」シート、シートで隠れてはいるが下には砲身があるのかと思われる固まり、とでもいうことなのではないだろうか。つまりは「砲身のような」という比喩ということだ。

何かを見たとき、何に譬えるかで、その人の経験やめぐりの環境が分かるはずだ。若い世代からは、こうした比喩は出てこない。

塹壕は何に見えしやたどりつきて落ち込みざまに果てしと伝ふ　『風水』

大正の生き残りとてのひらにこぼしつつ食(は)む雛のあられを　『風の曼陀羅』

一首目の「塹壕」の歌、何かの記事が目に留まったのかもしれない。必死の思いで塹壕にたどり着いたものの、そのまま命が果てた。死の瞬間に身を託したのは何だったのか、と推測している。

二首目、雛あられを食べる大正の生き残りとあるが、大正の前半生まれの人たちの多くが亡くなっている。むろん戦争とは限らないが、すでに多くの大正世代が亡くなっている。しばしば「特攻隊の生き残り」などという。死ぬはずの人が残ってしまっていることに、何か後ろめたい気がある。それでいて、自分だけがぬくぬくと雛あられなど食べていていいのかと。

はやぶさと呼ぶ戦闘機ありにしがかげろふを追ふごときはろけさ　『風の曼陀羅』

戦(いくさ)にて中止となりし年ありき若草山をこよひ燃(も)すとぞ　『光たばねて』

一首目、「はやぶさ」という宇宙探査機があった。「はやぶさ」と聞いて戦闘機を思い出した、思い出す世代なのである。

二首目、若草山の山焼きがあり、そんなことが季節の便りとして新聞やテレビで伝えられる。かつて伝統的な行事が戦争で中止になったことがあった、と思い出す。

こうして現代に起こるさまざまな出来事のニュースが、かつての戦争と結びつけて思い出されるという。戦争が、民子の裡(うち)から終生離れることはなかった。

第七章　語彙からさぐる〈伸縮のある語彙〉

勾玉に過ぎにし遠き時間など思ひてをれば笹の葉が鳴る　『花溢れゐき』

距離や時間を超える形容

民子の歌は「遠い」という言葉が多用されている。一般論で言えば形容詞を避けたいところだが、ここで使われる「遠い」は、何かを形容するというよりは一つの異質な世界を指すように思う。そのなかで、距離的に遠いもの、時間的に遠いもの、その両方の性格を持っているものに分けて考えてみたい。

距離的

日のくれに帰れる犬の身顫ひて遠き沙漠の砂撒き散らす　『花溢れゐき』

虹の線雲の切れめに光りゐて行かむと思ふいづこも遠し　同

ぎざぎざの岩のつづきを越え来しが遠のきて山の形ととのふ　『風水』

鳥籠の巣藁に雪のたまりゐて遠き旅より戻れるごとし　『無数の耳』

遠き雲の地図を探さむこの町をのがれむといふ妹のため　『雲の地図』

一首目、日暮れに帰ってきた犬が身震いして砂を撒き散らす。これはよくある犬の行動だが、その砂が遠い砂漠の砂だという。砂からのイメージとして、また犬が自由に行動することへの憧れから砂漠をイメージした、イメージの飛躍ということで理解できる。

　二首目は、行こうと思うところが遠いので行かれないという思い。行こうとしているのは何処なのか。この頃はまだ体力的に行かれないことはなかっただろうが、心理的な意味もあった。民子はあまり旅行をしていないので、気分的に遠いと感じることがあるのかもしれない。

　三首目、山を越えてから振り返ってみる、遠くから見ることで越えて来た山の全容が見える。この「遠い」は現実的な距離で、写実的な捉え方だ。

　四首目、鳥籠に溜まっている雪、何が（誰が）旅から戻ったのか、自分が戻ってみたらということなのか、風景そのものが遠い旅から戻るときの心理的なこと、心象風景。

　五首目、妹のために地図を探す、別のところに住みたいと妹が言っていた背景もあるので、住むべきどこかを探すための地図と考えても、あくまで「雲の地図」であって具体的なものではない。あまりに漠然とした場所である。

　むろん近い旅もないわけではないが、旅と言えばやはり非日常であり、遠いイメージがある。さらに雲であれば、空をイメージして遠いことである。

　距離の遠さではあるが、異質な次元の、別の世界を意味している。前半の二首は具体的な地名を思い浮かべることなどはできないが、しかし読者のなかで知っている場所を自分なりに思い描くことができる。それに対し、終わりの二首はそうした具体的な「場」を描くことはできない。

「遠い」で表している何か別の世界、距離的に届かない、行けそうにないあるいは実際には無い、架空の世界を描いている。

山の彼方に雲ゆく見れば訪ひがたきわがみどり児の墓辺思ほゆ　『まぼろしの椅子』

遠いという言葉は使っていないが、嬰児の墓であるから遠いところにある。山の彼方に雲が流れているのを見て、その行く先、その向こうに墓があると想像している。その「先」は「訪ひがたき」なのである。遠方で行かれないこともあるが、行って行けないこともない。遠いといっても岩手であれば行けない距離ではない。

行けない何か、行き難い何かがあると考える。精神的に行き難いもの、愛情とは別のもの、触れてはならない世界。どこにも書いていないので分からないが、大西家の墓に入っているのだろうか。

時間的

わかち持つ遠き憶ひ出あるに似てひそかにゐたり埴輪少女と　『不文の掟』
消しゴムを探さむとして薬莢を探すごとくに遠ざかりゆく　『花溢れゐき』
すきとほるガラス見をれば裏と表に分れしのちの遠き月日よ　『風水』
遠き日に失ひてをり買物籠をみたして帰るよろこびなども　同

一首目、思い出といえばすでに遠いもの。埴輪の時代を想定して、遠いところに視点を定めている。「わかち持つ」「ひそかに」というところに、あこがれのようなものもある。

二首目、消しゴムがなかなか探せない、むしろ遠ざかっていくような。消しゴムと薬莢とを結びつけるところに、生きてきた時代性がある。

三首目、すれ違いの状態だったのだと今は思う、それは遠い昔のこと、時間が経ってしまった。すきとおって見えているのにガラスをへだてて触れることもできない。

四首目、買物の楽しみもとっくの昔に忘れた。誰かのためにするよろこびももうない。「昔」を「遠い」と表現しているわけだが、過ぎた時間の経過を言っている。

距離・時間

石臼のずれてかさなりゐし不安よみがへりつつ遠きふるさと　『無数の耳』
みどり児の墓は根雪にうもれゐむ遠き河原に餅草を摘む　『花溢れゐき』
会ひがたき人の名を新聞に読める朝の遠く虹立つごときさびしさ　同
はるかなる吉祥天に献げむにゑのころぐさをコップに挿しぬ　『光たばねて』

一首目、故郷は遠いもの、しかも石臼がずれていたという記憶は昔の事、つまり時間的な遠さも併せ持つ。故郷との違和、人間関係のずれ、目標と越し方のずれもある。

二首目、根雪に埋もれているかもしれない墓。かつてそこで草を摘んだりしたことがあったか。遠き河原とはどこなのか。

三首目、会い難き人が新聞に載っていて、虹が立つようだという、しかも遠くの虹。遠いということで直接的ではない、遠くの灯火みたいなものか。

四首目、「はるかなる」と言っているだけで「遠い」は出てこないが、意味は遠い。かつて見た吉祥天のことなので時間的にも遠いことになる。吉祥天に似ている、などと言われたこともある。

こうしてみると、距離的・時間的のいずれにしても、そこに一つの見えない世界「場」を作っているのが分かる。

形容詞としての「遠い」だけではない。

追い詰められたゆえの打消し、否定形

かたはらにおく幻の椅子一つあくがれて待つ夜もなし今は　『まぼろしの椅子』
逆波（さかなみ）の光れる海に日もすがら向きゐてわれは岩にもなれず　『花溢れゐき』

否定語を使うことは誰の作品でもあるが、待つこともない、岩にもなれないは、諦めに近く、一つの姿勢ではあるだろう。

私が気になったのは単純な否定ではなく、なになにする「しかない」、それしかないという限定である。他に方法がない、それしかないと自分を狭めているようだ。

あるいは、突き詰めて考えた末、それしかないという結論に達したということか。

私は若い頃、民子の作品でこれはどうしても受け入れられなかった。それしかないという断定がどうなのだろうと思っていた。自分で決めてしまっていいのかという思いがあったからだが、今読んでみると、そこまで追い詰められていたのかと実感する。


死ぬことしか言はず蹌踉たる夫にいつまでも待つと告ぐる外なかりき　『まぼろしの椅子』

神々も渇く夜あらむわがひとり夜更くればまた眠る外なく　同

心渇くともみづから癒やす外はなし夜半の水道は飛沫をあぐる　同

接骨木（にはとこ）の芽ぶきはしるしみづからをせばめて生くるほかなき日々に　『不文の掟』

葱の花しろじろと風に揺れあへり戻るほかなき道となりつつ　『花溢れゐき』

受付の錆びしペンもて旧姓に戻れるわが名書くほかはなき　同

紫の色濃きままにしをれたるトルコ桔梗も捨つるほかなき　『野分の章』

帰りゆくほかはあらぬか人の手にわれの切符は買はれてしまふ　『風水』

この道をゆくほかはなくカーブミラーの映す枯れ野に近づきて行く　『印度の果実』

葱の花しろじろと風に揺れあへり戻るほかなき道となりつつ　『花溢れゐき』

充電せる馬などのゐるけはひしてまつすぐ歩みゆくほかあらず　『野分の章』

一首目、夫に、いつまでも待つと言わずに何と言えばいいのか、他の台詞が浮かばない。他に選択肢がないところまで追い詰められている。

二首目について、詩人の秋谷豊は石垣りんの詩、

鬼ババの笑いを
私は笑った。

それから先は
うっすら口をあけて
寝るより外に私の夜はなかった。

と比較して、石垣りんほどの残酷な目は持たない、と述べている。

三首目、心が渇いても自ら癒やすほかない、癒やしてくれる人は居ない。

六首目、旧姓に戻った名前を書くほかない、離婚してしまったのだから。

八首目、我の切符は人に買われてしまったのだから帰るしかない。

たしかに「ほかない」という現状だったのだろう。私が若かったから、「ほかない」という否定的な限定が受け入れられなかったのだ。他に無いという限定は、つきつめてゆく民子の性格によるものだろう。

「一」は何を表す?

一般的に言えば、いち、一つ、一人という言葉は、案外便利で、調べをなだらかにするときに使ったりする。したがって、強い意味を持たないこともある。

しかし、意識的に「一」に意味を持たせることももちろんある。民子の「一」は何を表すか。

群れの中の孤

どよめく群衆のなか一本の旗とわれはなりてゆさぶられゐつ　『無数の耳』
跪きて沙漠に祈るターバンの群(むれ)の一人たりしが汗ばみてめざむ　『まぼろしの椅子』
ゆきずりの一人となして離(さか)りたり木の葉のごときわれと思ふや　『花溢れゐき』

一首目、群衆の中にいて一本の旗になる。ここでは旗とされてしまったとも取れるが。一本故に揺すぶられてしまう、群衆の中に混じっていれば揺すぶられることは無い。

二首目は、群れの中に同化している、群れと一体になっている。なってはいるが、それゆえにか、汗ばんでいる。砂漠の中で祈りつつ、汗ばんでいる。

三首目は、夫との関係かと思われる。結婚したことはしたが、彼にとって私はゆきずりの一人にすぎなかったのかという苦い思いである。

群衆、多数の中の一人。孤を感じるのは、むしろ大勢を意識するときである。

自負

どのやうに身を刻むとも恋ふるともあめつちにただひとしづくなる　『風水』
足もとの枯れ草に火を放つとも熔けず残らむわが石一つ　『野分の章』

一本の木となりてあれゆさぶりて過ぎにしものを風と呼ぶべく　『風水』

天地にひとつ、わが石一つ、一本の木であれといった意識は、自負心とも言えるのではないか。多数ではなく、己という意識、天地に誰憚ることなく存在する、存在する意義があるという思い。

またどんなことがあっても、過酷な状況があろうとも、自分はそこに在る、存在する。何にも溶けることなく、存在する己という自負を見ることができる。己は一本の木であって、過ぎたものは風であった。木を揺るがせたのは風であって、そこに実体は無い。実体の在る、存在として意義があるのは木だ。木として動じず揺らぐことのない木。揺さぶられはしたが、結局は不動であったという自負。

孤独感

空席の一つをめぐる確執に遠くしてわが書庫のあけくれ　『不文の掟』

真つ黒な卵を一個産みにしが卵も鳥もゆきがた知れぬ　『風水』

フィナーレに近づかむとし早まりて一個あがれる風船赤し　『風の曼陀羅』

バスを降りし人ら夜霧のなかを去る一人一人に切りはなされて　『雲の地図』

一首目、空席とはまぼろしの椅子と同質のものと考える。結局は、一つの椅子をめぐる確執だった。

二首目も、比喩的にみれば、失った子どもと言えるだろう。死産だったので「真っ黒な卵」ということになろうか。一人だったから「一個」には違いないが、ここでの一個はその一つをいうばかりではなく、一つの存在を産んだと考える。

三首目、何かのイベントのようなフィナーレで風船が放たれる状況を想像する。しかしここでは、たくさんの風船が上がっていくのではなく、たった一つ。その一つの風船は自分なのだ。昇天するようなイメージだろう。一個が上がっていく。フライング状態で、まだその時が来ていないのに一つだけで離れていく。誰でも昇天するときは一人。それでもその風船は赤い。赤いということにも自負があるのではないか。

四首目、結局最後は誰もが一人一人に切り離されていくことになる。おそらく現実的な描写だったのだろうが、こうして「一人」「孤」を認識していった。

不安なものの象徴としての「空」

狼煙(のろし)あがる空はいづこかわざはひは怖るる者にのみ来るといふ　　『雲の地図』

てのひらをくぼめて待てば青空の見えぬ傷より花こぼれ来る　『無数の耳』
山脈も芽ぐむ木立も遠く澄み空からこはれてくるやうな日よ　『雲の地図』

一首目、狼煙は合図であってとくに禍ではないが、連想として下の句に禍がきているので、やはり「狼煙あがる空」には不安感がある。禍は恐れている人に来る、恐れが現実になる。それは一般的によく言われることで、恐れていることに限ってそうなってしまう。禍を恐れている人、つまり自分自身がそうだった、恐れるあまり、みずから禍をおびき寄せてしまったのは自分自身なのである。

二首目、青空は美しく心地よいものだが、見えない傷があるという認識。多くの人は、晴天のときの空は無傷と思うものだろう。

三首目、木々が芽吹く季節は気持ちが良いもの。しかしそれを、空から壊れてくると捉えている。空は絶対的なものであり、揺らがないものとみるのが普通だ。人間の世界は変わりやすく壊れやすいが、宇宙は壊れないと考えるのが普通。しかし民子にとって、その天・宇宙でさえ壊れたり傷があったりすると感じる。

絶対的なものは、宇宙にさえ無いと思うのだ。

野の空のいづこに落ち合ふ蝶ならむふはふはとしてとめどなく舞ふ　『印度の果実』

これは空に不安感があるわけではないが、蝶が「とめどなく舞ふ」ということで、確固たる場所が空にも無いとも解釈できる。

少なくとも、空を憧れのようには見ていない。どこか不安定なもの、信じきれないもの、不安なものとして認識している。

心理表現の使い分けとしての「水」

水もたびたび歌われる語彙の一つである。水の性格として形が無い、あるいは変化可能があげられる。

象（かたち）なき岩が夜毎に現れて水のゆくへを塞がむとする　『無数の耳』

新しき塩を掬ふべき手と思ふほとばしる水に打たせつつゐて　『野分の章』

あけぐれに醒めゐて思ふ水源は人の住まはぬさびしきところ　『風水』

一首目の水の行方とは、自分の行く道と考えていいか。形のない岩が邪魔をして進めない。

二首目、「新しき塩を掬ふべき」とは新しい運命を開こうとすることか。水に打たせている、単に洗っているということではない。

三首目、水源を求める思いかもしれないが、それは寂しいところだという認識。比喩的に考えられる。

たれの吹くフルートならむ光りつつ亀裂を伝ふ水を思はす　『風水』

うすらかに鰭をまとはむ満たしたる真水（まみづ）のやうな朝が来てゐる　『雲の地図』

一首目、これはそのまま比喩。フルートの音が光りながら亀裂を伝わっている水を連想する。音から水を連想している。

二首目、真水のような朝と表現する。新鮮な朝、清々（すがすが）しい朝ということだろうが「真水」という比喩を使っている。むろん単なる水ではなく真水だが、水に譬える心理とは何なのか。鰭をまとうというのだから、泳ぎだしたい気分か。

ただの岩の円錐形と見てをれど水を引き寄せまた引き離す　『風の曼陀羅』

よろこびはかくかそかにて水を打ちよみがへりくるパセリの緑　『野分の章』

こちらは現実的な水と考えていいか。

一首目、岩の歌は岩が主題だが、水を引き寄せる、引き離すという動きを持つ。

二首目、パセリに水を与えると緑が甦（よみがえ）る。厨（くりや）仕事をしていればそうしたことに出合うことはある。それを比喩として歓びの甦ることとしている。

水は、さまざまなものに形を変える。あるいは形を持たない、あるいは何かを覆う何かを隠す何かを通過する。変幻自在とも言えるものだが、逆に言えば捉え難いもの。

水をシンボルとするものは東西それぞれあるだろうが、そうしたことと関係があるかどうか。心理学的にも何かあるのかもしれないが。しかし、民子が水を多様な使い分けで、自分の心理や状態を表現しようとしたことには意味がある。

人生の意味を表す「傷」

てのひらをくぼめて待てば青空の見えぬ傷より花こぼれ来る　『無数の耳』

みづからの吐きし言葉に縛られむ森ゆけば木々の生傷匂ふ　『不文の掟』

投槍（ジャベリン）の打ち込まれたる地表より見えぬ亀裂は八方に散る　『無数の耳』

数へ切れぬ傷と思へど磨きたるガラスの向うは草萌えの丘　『野分の章』

空に傷がある、という感性。また、木々の生傷を感じる。投槍が突き刺さったところに傷ができるのは当然だろうが、その傷が八方に罅割れていくという感性。そして、ガラスには数え切れぬ傷があるけれど、向こうのほうには草の萌えている明るい丘が見えるという。

この傷はやはり、民子自身の傷だと思う。人には見えないかもしれないが、傷があるのだということ。たとえ小さな傷であったとしても、八方へ広がっていくものであるということ。

民子の人生の中で、「傷」は大きな意味を持つ。

プライドを傷つけられた深い傷は、たとえ青空であっても持っている傷のようなもの。森の中の木々でさえ生傷がある。槍の刺さった場所の傷は、そこだけに留まらない。八方に広がってさまざまなことに影響していく。

傷とは、外見だけでは分からないもの、致命的なもの、終生残る傷とさまざま。病とは別に致命的なものもあるのだと。宿痾（しゆくあ）のような傷もある。

プライドと内面の激しさ

夢のなかといへども髪をふりみだし人を追ひゐきながく忘れず　『不文の掟』

突き落とす刹那に醒めし夢のあと色無き雲の流れてやまず　同

責めたつるみづからの声にめざめたり夢のなかにてわれははげしき　同

木鋏を鳴らして冬の枝を断つ芽ぐめる枝も容赦なく断つ　『無数の耳』

民子の作品は全体に穏やかで、乱れない作風である。だが、妹の佐代子によると「民子の弾くピアノは激しかった」という。けっして静かではなかったというのだ。

これによると、内面はかなり激しい人だったのではないだろうか。したがって、夢の中では髪を振り乱して人を追ったり、誰かを責め立てたりした。これが己の本当の姿だったから、慄(おのの)いたのではなかったか。常に平静を保とうとしていたにもかかわらず、夢の中では激しい自分がいる。

民子が一番大事にしていたのは、プライドではなかったか。

自分を捨て去った男を追うなど、プライドが許さない。心の底では、感情をむきだしにして抛(なげう)ち、夫を追いたかったのか。

夫の、その後一緒に住んでいた人が「硫酸ぶっかけてやる」と言ったという。自分から離れようとする男に対して、ストレートに感情をぶつけるエネルギー。民子にとってはプライドが許さない行動を、ある意味で羨ましく妬ましく思っていたのではなかったか。

この激しさは、おおむね夢の中での出来事なのである。夢の中では激しかった。激しさを夢の中のこととして詠ったのだ。

枝を断つ歌は夢ではないが、比喩として読む。せっかく芽を持っているものも、容赦なく切ってしまう自分の中の残酷さ激しさを、冷静な目で見ている自分がいる。

遠い存在の故郷

民子は故郷をあまり多くは詠っていないが、それでも折に触れて作品にしている。

あたたかき雨となりたるふるさとの桑の若葉もほぐれむころか　『雲の地図』
ふるさとは山深き町諭されて一匙の塩も大切にしき　『野分の章』
ふるさとは雪の山なみ放射能もオゾン層も未だ知らざりしころ　『光たばねて』
雨乞ひの太鼓の音の響きゐし故郷はあらずどの地図見ても　『風水』

一首目、盛岡は北国だから春が待ち遠しい。やさしい目で見ている。

二首目、山深いところでは塩が大事、そのことを躾(しつ)けられたことも懐かしさの一つ。

三首目、かつての故郷はのどかで、放射能だとかオゾン層だとか言われることはなかった。

あるいはこの時期、故郷が汚染されているなどというニュースでもあったのかもしれない。

四首目、「雨乞ひ」の歌は故郷喪失の歌である。懐かしい故郷は自分にとっては無いに等しい。あるいは、かつての面影はなくなってしまったとか、地名が変わってしまったとか、時代の変化を言っているのか。それ以上に自分にとっての故郷を失った自覚である。

このあたりは、地方から出てきた人の多くの感慨とあまり変わらないのではないか。懐かしさ、疎遠になってしまった哀しさとでも言おうか。

民子らしいと思うのは次の歌である。

　母校の教師となるを拒みて帰らざりしかの若き日より遠きふるさと　『まぼろしの椅子』

母校の教師になることを拒んだ、つまり故郷に帰らなかった。故郷に帰らない選択をしたときから、故郷は遠い存在になってしまった。

あるいは、遠い存在だからこそ帰りたくなかった。自分の中に「故郷」というものが希薄だったかという思いがある。

馬場あき子は「帰りたくないところ」という言い方をしている（「短歌」平成6年5月号）。

流離の相があると言われてもいたし、啄木に憧れてもいた。

石臼のずれてかさなりゐし不安よみがへりつつ遠きふるさと　『無数の耳』

父母がいて、姉と妹がいた成人前の民子にとって、故郷はけっして不安ではなかった。父親は腕利きの刑事であったし、姉は旧家に嫁いでいた。意にそわない結婚のようだったので、良かったとばかりは言えないかもしれないが。

父が亡くなった後、母は父の遺品をすべて焼いてしまったということがあったらしく、父母の確執もあったのかもしれない。そのことについては、とくに何も書き残してはいない。

「ふるさと」とまとめて言っているが、盛岡であったり赴任地の釜石であったり、あるいは夫との出会いであったり、結婚に対する反対であったり、漠然とした若い時代の不安と、故郷を捨てたことによる不安とが混じっているのではないだろうか。

石塔の雪を払ひて読む名さへはろけし父母のあらぬふるさと　『無数の耳』
父母の墓さへあらぬふるさとの馬の祭りをテレビは見しむ　『野分の章』
亡き父も故郷に老いて雪の野に成る木責めなどしていまさずや　『風水』

父母のいない故郷は、民子にとってはもう故郷ではない。「故郷」とは、盛岡という土地ではなく、父母や家族そのものだったのではないか。両方ともいなければ、それはもう故郷とは呼べない。

父は警察官だったというので、「成り木責め（生り木責め）」などしただろうか。成り木責めとは、実の生る木に対して豊作を願う儀式であって、果樹園や農家の人がするのではないかと思う。あるいは、自宅の柿の木などにもしたのか。

ここでは「亡き父」と言っているのだから、想像をしているのである。成り木責めなどという風習のある土地を想定している。もっとも成り木責めそのものは全国各地にあるらしい。

帰りたくない故郷であり、実際あまり帰らなかった。なぜかと考える。もともと流離の相があったということもあるが、俗にいう「故郷に錦」を飾れなかったからではないか。歌人としては大成したが、一般的にはどうだったか。また、結婚に失敗したことは、民子のなかでは「錦」にならなかった。

たれよりもしあはせにならむと言はれゐき故郷出でて三十年たつ　『雲の地図』

「誰よりも幸せになると思われていた」という認識がある以上、民子にとっては一般的にいう幸せではなかったはずだから。

家族それぞれへの想い

父母の歌は案外少ない。

亡き父のマントの裾にかくまはれ歩みきいつの雪の夜ならむ　『花溢れゐき』

早くから家を離れていた民子は、父親との思い出は少なかったのかもしれない。子どもの頃は一番可愛がられていたというから、その頃の印象が強いようだ。マントに護られて雪道を歩いた。守られていた意識が強く残っている。

月の夜の墓より犬が曳き帰る或ひは母の見余せし夢　『不文の掟』
コートなど縫ふに紛れてゐるさまを見届けて母は帰りゆきたり　『まぼろしの椅子』
自我強く生き来し母よ枕辺に入れ歯をおきて眠り給へり　同
水甕に水をみたして夜々眠る母の生き方にもわれは及ばぬ　『不文の掟』

夫との仲が不安定になったことで、母に心配をかけてはならないという意識。母に甘える場面はない。もっとも大人になってからの歌だからかもしれない。また、反対を押し切って結婚した以上、失敗だったとは言えなかった。

父からは守られている歌を、母へは大人の眼、対等の眼を以て詠っている。同性として、また母親の立場を推し量る内容になっている。あるいは、むしろ労（いたわ）る思いに至っている。

もっとも多いのは妹の歌。こちらは母が亡くなったあと二人で暮らしていたこと、さらに先立たれたこともあって、数多く作られたと思われる。母の挽歌はできなかったのに妹の歌はたくさんできた、と言っている。

父からは守られ、母とは対等に、そして妹に対しては守る立場に立っている。民子は、その三つの立場で言えば、三つ目の「守る立場」が一番いきいきしている。どちらかと言えば、男性的な人だったと思う。夫には、たとえ売れなくても、つまり大成しなくても好きなことをしていてもらいたいと思っていた。また晩年には、遺産をあげてもいいと思っていたともいう。つまり、家長的な立場に立てる人だったということだ。

たしかに、父が早く亡くなり、姉も亡くなった。現代なら母が中心になるところかもしれないが、当時の女性は自活能力がなかっただろうから、その時の長女（戸籍上ではなく）が家を背負うことになる。

妹とは二人暮らしになって親密だったというだけではなく、護るべき対象であったことが大きかったのだ。

われに気づき右手あげたる妹の黒の手袋させゐてさびし　『雲の地図』
妹に揺り椅子一つ買ひやらむやはらかき春の日ざしとなりぬ　『花溢れゐき』
黒鍵のエチュードに今日より入らむとしいたく小さし妹の手は　『雲の地図』

一首目、黒の手袋をさせている、つまり民子が買い与えたもの。妹の着る物は、ほとんど民子が買い与えたものだった。民子の意志で揃えたもので、結局は着ない洋服がたくさんあったという。

二首目、揺り椅子を買うというのも「買ひやらむ」というのだから、買って与えるのである。庇護すべき対象として、父母に対するのとは違うわけである。

三首目、ピアノを教えている場面である。手の小ささにいたわる思いがある。

日の暮れに連れ出づる犬の在らぬこと思ひてをれば妹の言ふ　『雲の地図』
パラソルをたたみて入り来し妹の声はずみわれの合格を告ぐ　『まぼろしの椅子』

われらにて絶えむ系譜を悔やまねど樒(しきび)花咲く淡き緑に　『花溢れゐき』

そして、妹の亡くなったあとの歌。

草むらの底にみひらくこの春のたんぽぽの花も妹は見ず　『雲の地図』
履きて見て靴を買はむによろめきしわれを支ふる妹はゐず　同
妹といふあいらしきもの日も夜もわがかたはらにゐたる日ありき　『風水』
逝きしより八年を経ておもかげもいつしか写真の顔に定まる　同

花を見るにつけ靴を買おうとするにつけ、何かにつけて妹を思い出さない日は無い。もちろん同居人がいなくなって寂しいことは当然だし、また最後の肉親が亡くなって心細いことは当然だが、しばしば妹を詠おうとする心理としては伴走者のような気持ちだったたか。

姉妹にて分ち持つ鍵緋の房をつけし一つは妹が持つ　『花溢れゐき』
帰らざる幾月ドアの合鍵の一つを今も君は持ちゐるらむか　『まぼろしの椅子』

この二首には、何か共通点が見られるように思う。対象は妹と夫であり、まったく違うのだが、鍵を分かち持つ、同伴者であるということにおいて。

民子は誰にも素顔を見せなかったという。北沢が素顔のほうがむしろいいと言ったにもかかわらず、だめだと言った。素顔を見せるのは夫だけだと。

合鍵を持つことは同居すること。これは、素顔を見せてもいい相手だということに他ならない。

かつては夫と分かち持っていた、後年には妹と分かち持っていた。鍵を分かち持つ気持ちのありようが、民子から見て、夫と妹は同質だったのではないか。

晩年には、夫の代わりのような役割を担っていたのが妹ではなかったか。とは言っても、仮にこの時点で夫であったらこういう関係にはならない。つまり、夫は庇護する対象ではないから。民子から見ればそうであっても、夫の側から見れば自分が庇護の対象であるとは思えないはずだ。

妹は民子に従順だった。これは二人の関係性として、民子の性に合っていたのだと思う。その関係にふさわしかったのが妹。親密さがそんな感じを抱かせる。

この鍵の歌が、いみじくもそうした面を打ち出しているように思えるのだ。

彼・君・夫・汝・かの人

さまざまなフィクションをまじえていたとはいえ、民子が夫をかなりたくさん詠っているのは事実だ。そのなかで呼び方が微妙に違う。一般的には「君」とか「夫」だろうが、微妙に使い分けている。

オポチュニストと低く呟きふり返るベレーかぶれる彼の背後を　『まぼろしの椅子』

「彼」と呼ぶのは短歌では珍しい。もっとも日常でも、夫を君ではなく彼というのはずっと後のことではないだろうか。オポチュニストとは日和見主義とかご都合主義という意味で、けっして良い意味ではない。したがって、いい関係ではないが、ベレーを被っているとか、ちょっと洒落者の雰囲気とか、ある時代を表している。また、民子の憧れたモダンな近代的な要素がある。「君」という古典的な言い方ではなく、「彼」という新しい言い方に意味を持たせようとしたのだ。

帰らざる幾月ドアの合鍵の一つを今も君は持ちゐるらむか　『まぼろしの椅子』

港の女学校に勤めゐて君と結ばれし日を恋ふひとり病めば寂しく　同

君が心を占めゐるは何ぞボヘミアンの如き貌して夜半帰り来ぬ　同

君と同じ見方なし得ぬ寂しさも超えゆかむながき月日をかけて　同

『まぼろしの椅子』ではまだ夫婦であり、君という尊敬の対象であった。帰ってこないなどの日常的齟齬はあったにしても、まだ修復可能と思っていた時期でもある。歌そのものは寂しい歌だが、まだ自分にとって「君」にふさわしい存在であったのだ。諦めなどもあったり、不満であったり不信感であったりしても、深層心理的にはまだ繫がりを求めている。

メーデーの夜に会ひたるが最後にて声よく徹(とほ)る君と思ひつ　『不文の掟』

南半球へ遁(のが)れゆかむなどと笑ひゐし君を思ふ或いは本意か知れず　同

待ちて得しもの幾ばくぞ十年目白髪のめだつ君を見しのみ　『無数の耳』

『不文の掟』も、半分は『まぼろしの椅子』の延長のようなものだったから、同じように親しみのある存在であった。『無数の耳』にきて少し距離があるが、十年目に白髪の目立つ君になったとしても、まだ自分にとっては「君」だった。

冬枯れの草山に来て何憶ふ今はたれより遠きかの人　『まぼろしの椅子』

ループタイに何のメダルか光らせて歩むならむかかの人なども　『風水』

『まぼろしの椅子』の一首、「かの人」と突き放している。「たれより遠き」と言っているので、時期的には『まぼろしの椅子』時代であっても、少し距離を持とうとしていたのかもしれない。あえて「かの人」と言ったか。あえて「君」「夫」を使わないようにしたと思われる。しかし、それがかえって意識しているようにも見える。

二首目は「歳月に癒やされて、私は「あの人」と呼ぶことができるまでに立ち直っていたのだと思う」と自解している。『まぼろしの椅子』から『風水』までの時間に「かの人」のニュアンスが違っている。

焦点を故意に外して言ひ合へば夫も他人の一人のごとし　『まぼろしの椅子』

病むといふ噂を聴けばまた惑ふいつまでわれを放たぬ夫か　『不文の掟』

前の世に別れしままの夫のごと雨の夜更けの眼裏（まなうら）に来る　『無数の耳』

一首目、夫婦であるから起こる摩擦、夫であることで縛られている、関係性が意味を持ってくる歌。故意に焦点を外すのも夫婦喧嘩だからで、夫だからこそ他人に見えることが厭わしい。二首目は、別れた後のことで、噂で病気だと聞けば心が波立つ。他人だったら放っておけばいいものを、なまじっか「元夫」だから気になる。気になるが何もできない。気を揉むだけ。夫がわれを放たないのではなく、あくまで自分がそうしているのだが、夫だったという事実がこの繋がりを切り離せない。恋人ではなく「夫」だったという関係が、この歌では意味があるのだ。

関係性に意味があるときは「夫」と言っている。「君」という情の言葉ではないのだ。

われを詰りて帰りゆきしがこの月夜汝も寂しく歩みてをらむ　『まぼろしの椅子』

転換を計り呉れむとする汝か緑いろ濃き地図をひろげて　『無数の耳』

数は多くないが「汝」もある。汝は目下に使う言葉で、ここではむしろ哀れに感じているということだろうか。

対象を哀れと感じるのは、自分が上位に立ったときである。優位に立って見下ろしている。見下ろすと言えば言いすぎかもしれないが、余裕を持っている。

一首目、事態が解決したわけでもないし、ほとんどが「君」と呼んで心は近いところに置いている時期と同じなので、けっして余裕があることはないと思う。しかし歌として見ると、一歩引いたところに自分を置いていたことがあるのだろう。

二首目は、何か転換を図ってくれようとしているらしい。しかし、本当にできるの？　とあまり期待をしていない。それが「汝」という言葉になったのではないか。

同じ時期であっても、その時々によって互いの距離感は違う。むしろ、日々の揺れ動いた心理が呼称に表れていると言ってもいい。

もう一つ、珍しい例として「人」がある。前に「かの人」はあったが、「かの人」とも違う、もっと冷静な目をもった「人」である。

うつし世の最後の逢ひと思ふ日に人は喚きつわれを詰（なじ）りて　『無数の耳』

おそらく、離婚の話し合いが成立して最後の対面のとき。もう話し合いが整っているのに、まだ何か詰るようなことを言ってきた。ここでは民子はもう心を決めているから、こんな事態になっているのに、まだ言うのかと冷めた思いがあったのだろう。「人は喚きつ」という言い方で、完全に他人の目を向けている。

時期によってさまざまに思うのは当然であり、別れて時間が経ったからとか、別居状態の硬直時期だからとか、時期に関係するばかりではなく、心情の揺れに応じて「君」「夫」「汝」「人」などを使いわけている。

心理の変化が、この使い方のなかに見えてくる。

第八章　晩年の歌〈清明なる完結〉

すっと突き抜けたような軽さ

『印度の果実』の後書きに、「この期間は私の一生の節目にあたっていたらしく、入院して手術を受けたりしたあと、体力の限界を知り、三十七年半にわたった公務員生活にも終止符をうつことになりました。せめて残された歳月を歌ひとすじでありたいと願っていたのでしたが、心を新たにして精進を期していた矢先に、木俣修先生の急逝に会わなければなりませんでした。先生亡きあとの最初の歌集ということで、感慨深いものがあります」と記している。

実際には『大西民子全歌集』を上梓し、その中の『風水』で迢空賞を受賞するなど一つのピークの時期であったと思うが、作歌の上では老境へ向かう頃でもあったのかもしれない。しかし、まだ六十歳前なのだ。

読んでいくと年齢とは関係なく、やはり晩年を思わせる歌が多いような気がする。読む側の私の主観的な印象だが。老齢期にさしかかって健康上の不安や一人でいる不安、寂しさは当然あるが、以前には顕著にあった、尖ったような不安感は無い。壮絶さといった激しさは無く、しみじみした、あるいはしっとり温かい、柔らかい歌が増えている。

戻り得ぬ家かと思ふ入院の車のバックミラーに見つつ　『印度の果実』
烏瓜熟れて点(とも)れり最後かも知れぬと思ふ夏も終はりて　『風の曼陀羅』

おほかたを渡り終へたるわがひと世じやがたらぶみは書かなくて済む　『光たばねて』

明日ありと思はれずゐるわが前に光たばねて噴水あがる　同

日ぐれとも朝ともつかぬ薄明につつまれて死といふはあるべし　「波濤」

フィナーレに近づかむとし早まりて一個あがれる風船赤し　『風の曼陀羅』

読みさしを机に伏せて出で来しが迎への舟の待つにもあらず　同

白百合の絵にまだ青きつぼみ見ゆつぼみも咲きて花終へにけむ　『印度の果実』

一首目、ヘルニアの手術のために大宮赤十字病院に入院。入院時に、もう帰れないかもしれないとの不安を持つことは誰にもある。

二首目、烏瓜に限らず、今年が最後の夏か、明日はないかもしれない、もう一生も終わりに近いな、などと感じることはある。

三首目、「じやがたらぶみ」を書かなくて済んだというのは深い意味ではなく、もう少し軽い気持ちだと思ってもいいか。彼女たちの思いはいかばかりか、と思いを馳(は)せつつも。

六首目の「フィナーレ」の歌は、何かのイベントの状況だろうが、この中に入れるとやはり晩年であるために、フライング状態の風船に心が寄っていく。心が寄っていくところ、結局私たちは何を詠うか、どんな場面を捉えるかは、その時の作者の心理であったり情況であったりするのだ。悲しい思いで花を見るのと嬉しい思いで花を見るのとでは、おのずから違ったものになる。この風船が一つだけ離れていった、これを晩年に捉えたことに意味がある。

七首目の「読みさし」の歌について、北沢郁子は「尾崎秀実『愛情はふる星のごとく』の中の「死が呼びに来たら、読みさしの本を閉じて、ご苦労さまと従ってゆきたい」を本としているかも知れない」と言っている。そこに船が待っているわけではなかったという。これも晩年ゆえの嘱目だろう。

八首目、絵の中の百合の蕾。絵だから永遠に蕾のままのはず。しかしこの蕾だって咲いて、そして散っていったに違いないと、散るところまでを想像する。花でも人間でも、咲いて、散っていくのだと。あるいは達観であるかもしれない。

この時期に退職をした。

やめてゆく職場に在れば日毎日毎遠景となる書類の束も　『印度の果実』

うす雪の白くこごれるしづけさにあと幾朝（いくあさ）と思ひつつ出づ　同

休みかと問はれてうなづき店を出づいづれ知られむ職をひきしことも　同

退職をしたときの歌の大方は平明で、事実を率直に詠っている。「あと幾朝」は退職までの日数である。日々の暮らしのなかでの感慨。後書きにある「三十七年半」という「半」が、何とも実感のある数字だ。

民子はどの時期にも、戦争の尾を引いた歌を作っている。


大正の生き残りとててのひらにこぼしつつ食む雛のあられを　『風の曼陀羅』

思はざる会話聞こえて二人ともガダルカナルの生き残りとぞ　同

昭和の末頃の作品と考えれば、戦後四十年ぐらい経っているか。「大正の生き残り」という言い方、あるいはふと耳に挟んだ地名ガダルカナル。地名を聞いただけでも心が波立つ。「生き残り」が一つのキーワードになる。

死んでもおかしくなかったのに生き残った。特攻隊だった人が、死んだ戦友に対して申し訳ない思いがあると、聞いたことがある。それと共通する思いだ。戦争反対などと声高に言ってはいないが、これほど人の心の奥底に傷を残しているものなのか。

また、これまでの技巧、細かいレトリックを使った歌も多々ある。


白骨となりても遂げむことありや水に押されて水動きをり　『風の曼陀羅』

幾つもに音を区切りて貨車は行き違ふ風景が見えくるごとし　　同

飛ぶことのなき白鳥を見てゐたり日傘に右の肩を入れつつ　　同

六階の窓に見おろす水のうへ色をうすめて春の雨降る　　『光たばねて』

「水に押されて水動きをり」「音を区切りて貨車は行き」「日傘に右の肩を入れつつ」「色をうすめて春の雨降る」こんな細やかな表現も健在だ。歌っている場面は特殊なものではないのにもかかわらず、表現が立ち上がってくる。これはけっして晩年ゆえではないだろうが、しっとり醸し出してきているのはやはり練られているからだ。

おそらく年配になったゆえの素材だと思われるのは過去の思い出である。

子をなさば付けむと思ふ名のありき幾つもありき少女のわれに　　『風の曼陀羅』

季節季節に鏡台の覆ひ掛け替へて冬も好きよと姉は言ひにき　　『光たばねて』

さかさまに切手を貼りて合図する手紙ありけり寮生われに　　同

しみじみと父を悼みてをりにしが夢のなかにも雪が降りゐき　　「波濤」

階段まで灯（あかり）をともし待ちをればひとりぐらゐは戻りて来（こ）ずや　　『風の曼陀羅』

父の歌や姉の歌など、あるいは教え子の歌などが断片的に出てくる。もっとも民子は連作をしないので一首一首が独立していて、それぞれが断片のように見えるのだが。

思ったより妹の歌はない。妹は常に傍らにいて、思い出す対象ではなかったか。

三首目は、奈良女子高等師範の頃の思い出。若い女性らしい謀（はかりごと）だ。

五首目の「階段まで」の歌は、しみじみとした味わいがある。家族がみんな先に逝ってしまって一人になった。灯りをつけておくから、誰か帰ってこないかなとしみじみ思う。

過去のことを思い出すなかには、むろん夫のこともある。

同じものを食（は）みあひてくらしたる日あり他界のことの如くに思ふ　『風の曼陀羅』
夜の道に投げ出されたる洋傘（かうもり）に降りゐし雪は今も目に見ゆ　同
誰（たれ）に言ふことにあらねどそののちの四十年は速く過ぎにき　『光たばねて』
ひしと待つ側（がは）にのみ居て嘆きしかつらかりにけむ待たるる人も　同
帰りくる手負ひの獣（けもの）を待つ如き夜々なりにしが過ぎてはるけし　「波濤」

一首目、同じもの食べていた、つまり同居していた頃の感慨。

二首目、これはドラマチック、何かこうした場面があったに違いない。つまり、修羅場（読みすぎか）があった。

三首目、何から四十年か。離婚してからは三十年。結婚してからを数えているのである。「誰に言うこともないことなんだけどね」とはぐらかしつつ、実はしみじみ思っている。

四首目になると、ようやく待たれる立場を冷静に見られるようになった視点の変化である。夫の側から見たのは初めて。

五首目、「手負ひの獣」に譬えられる夫。

誰か帰ってこないかなあ、という歌も含めて、感慨深い歌と読むこともできるが、私はもっと軽い歌だと思っている。誰か帰ってこないかなあ、漠然と思っているというだけでいいのではないか。誰でもお盆などにはそんな思いになるものだ。死は絶対的なものだから、帰るはずは無い。それも絶対の前で深く……などと読まなくてもいいのではないか。

夫のことも、いろんなことがあったなあと思っているのであって、だから恨みが深くなったとか、苦しさがまだ胸の底に燻（くすぶ）っているとか、そんなふうに読まなくてもいい。私は、民子の人生の過酷さから、どの歌も深く、鋭く、重く読む習慣になってしまっていた。

しかし、この晩年期はもっと軽く詠んでいると考えていいのではないかと思い直している。もちろん、軽々しいのではないのは当然である。達観と言ってしまうと結論的になるし、諦念と言ってしまうと言いすぎだ。けれどもすっと突き抜けたような軽さとでも言おうか。夫に対する歌も、そんなことがあったなあと思い出しているのであって、新たに怒りが湧いて来たりしているわけではない。

技巧を放棄したような自然体

そうしてみると、解釈次第でとてもユーモラスな歌がある。

壁面に水をあびせて洗ひをりルミノール反応などは出でずや　『風の曼陀羅』

逆算してやうやくわかる支出ありまれに紙幣をそろへむとして　同

クーラーを入れたる刹那新聞がばさと羽音を立てて落ちたり　同

暖色の傘を選びて差し来しが無言の犬に見られて通る　同

手に入らばわれは何せむ唯一度用ゐよといふ天狗の団扇(うちは)　同

赤べこの首を揺らして見たりして目ざせる本のありしたのしさ　同

フランスのクッキーも終はりからつぽになりし小箱のなほも香(かぐは)し　『光たばねて』

遠くより見られてゐたり水差して吸ひ殻を消す一部始終を　「波濤」

夕餉のあとの食器を水に沈めゐて屈折率をはかる遊びす　同

一首目、水を掛けただけでルミノール反応が出るはずは無い。だが「ここで殺人事件があったかもしれないよ」とか、「もしかして私が人を殺したことバレちゃうかしら」と想像したっていい。民子も、ミステリードラマをテレビで見ていたんじゃないかと思うと楽しくなる。

二首目、たぶん計算が苦手だったのだろう。逆算して支出額がやっと分かった。

三首目、クーラーをつけたとたんに、新聞がばさっと落ちて来た。やっちゃったあ、という場面だろう。

四首目、明るい色の傘を差して出かけた（ちょっと派手かなと思いつつ）。いつもなら知り合いだと思って尾を振ったりする犬が、今日は知らん顔。他の人に見えるのか。

五首目、天狗の団扇が手に入ったら何しようか、などと想像をめぐらしている。

六首目、本を探すのに、そこに置いてある赤べこにちょこっと触って、遊んでみた。

七首目、フランスのクッキーを食べ終わって空になったけど、まだいい香りがするから空き缶でも捨てられない、フランスのだもの。

八首目、水を注いで煙草の火を消した。誰も見ていないと思ったのに見られてしまった。ちょっとばつが悪い、みたいな。

九首目、台所の後片付けをしながら、屈折率を確かめたりして遊んでみる。

人間とは何かとか、人生とは、生きるとは何かとか、深遠に迫る歌ばかりではなく、軽くユーモラスな歌もあるし、それが晩年の、言ってみれば肩の力が抜けたような自然体に感じられるのだ。

ユーモアとも少し違うが、皮肉な見方をしている歌もある。

亡き人をあしざまに言ふを聞きをればわが死のあとのはかり知られず　『風の曼陀羅』
ねんごろの見舞ひなりしが去りぎはに人のいのちを測る目をせり　同
集ひても散りても色のとりどりに大き声せり老いし人らは　同
ディオールかミツコか知れず差しかけて呉れゐし傘をのがれ来つれば　同
花柄のセーターを着てわがをれば不意に訪ひ来し人がよろこぶ　『光たばねて』
目の前に封が切られて金属の音せぬ一円玉溢れ出づ　同

一首目、誰か亡くなったとたんに悪く言う。生きているうちは忖度(そんたく)して誉めていたのだが。だとすると、私のこともそうなのかと思う。

二首目、丁寧にお見舞いをしたあと、帰りにはもう長くはないなという目つきをする。これは自分に向けられたものか。たしかに世間の目とはそういうもの。これなどは、人間というものをよく観察している。ちょっと皮肉な捉え方である。

三首目、老人は集まっても散っても大声、これはけっこう誰でも経験すること。

四首目、傘をさしかけてくれた人の香水が少しきつかったのだろう。ディオールもミツコも香水だが、人名だから傘を差しかけたという擬人法になっている。

五首目、花柄のセーターが似合うではなく他人が喜ぶ。私にも経験がある。ちょっとお洒落して出かけると、相手が喜んでくれるのである。お洒落する気分だということを喜んでくれるのか。実感として分かる。

六首目、一円玉はアルミだから金属音がしない。一円玉をちょっと蔑んでいるのだ。ユーモアの範囲に入れるとすればブラックユーモアか。皮肉なものの見方をする。私は近くに住んでいたとはいえ、そんなに交流が深かったわけではないが、それでも何度かの会話の中にはちょっとした皮肉を言う人だった印象がある。ウイットみたいなものだ。

一方、幼い子どもたちの歌も増えている。近くに学校や幼稚園でもあったのだろう。

界隈の子らみな育ち二十糎ほどなる雪のそのましづか　『風の曼陀羅』
幅の無き橋にかあらむ子供らは縦（たて）一列に渡りて行けり　同
漠然と見てゐたりしが女童の髪を撫でゐき左の手にて　同
窓枠の高さに届かぬ子もをりて保母をかこみてうごき回れる　同

幼子は歩幅の合はぬ飛び石をはねて渡りて池まで届く　『光たばねて』

一首目、近所の子どもたちがみな大人になってしまって、雪合戦や雪だるまを作ることもなくなったのを寂しんでいる。

二首目、子どもが一列になって渡っていくので、橋が狭いのだろうかと想像している。

三首目、何となく見ていた女の子の頭を、ふっと撫(な)でていた。我ながら思いがけぬ行動だったということだろう。

四首目、向こうに見える保育園、小さい子と言わず、まだ窓枠にも届かない子と活写する。

五首目、歩幅に合わない飛び石をうまく跳んで池まで行った子。池まで危なっかしいなと思いながら見ていた。

そうした子どもに向ける目はとても温かい。写実に重きを置いている。ここで亡くなった自分の子どもを思い出してなどと言えばドラマチックになってしまうが、そんなことではなく、純粋に近所の幼子を温かく見ている。子どもを温かく見るではなく、幼い子どもに会うと何となく気持ちが和らぐ、その和らぐ思いを大事にしていたのだ。

幼子を見るにしても、自分の内面と結びつけず、単純に外側のものとして、客観的に、と言っても冷ややかにではなく、平たく自然に受け入れて詠んでいる。

外側にあるものから何かを発見している、外にあるものをそのままの距離感覚で眺め、深入りしない。
退職して環境が変わった。職場ではなく自宅近くの風物が素材となってきた。その変化は大きい。

呼ぶ声の水にひびかひ草むらにもう一人ゐて少年のこゑ　『印度の果実』

倒れたる萩を起こしてゐる人に振り向かれつつ歩み来にけり　同

しばらくをかけなづむ鍵の音のして隣の家のたれか出でゆく　同

めくるめく速さに回る風車（かざぐるま）四つの角（つの）のたちまち見えず　同

白梅（しらうめ）の咲きゐるのみに閂（くわんぬき）をさしてしづもる山の社は　同

霊柩車を先立ててゆくバスのなか不意に時刻を問ひし人あり　同

子らが降りてしづかになれば喘鳴をかすかに引けり隣の人は　『風の曼陀羅』

帰り来てしづくのごとく光りゐしゼムクリップを畳に拾ふ　同

何か言ふ人もあらねばこぼしたる黄の錠剤をかき寄せてをり　同

見つからざりし巻尺が今出でて来て一メートル五〇まで伸びて見す　同

一首目、ドラマのような展開は無い。少年がいて、一人なのかと思ったら返事があった。なんだ、草の中にもう一人いたのか。

二首目、倒れた萩を起こしている。つまり、庭の手入れをしている人が、誰（作者）か通りがかったから振り向いたというだけ。しばしばある情景である。

三首目、隣の家から鍵を閉める音が聞こえてくる。けれども、なかなか掛からないと思っていると、ようやく掛かったらしく外出して行った。他人事ながら、何となく気になっていたのでほっとしているのである。

四首目、風車は回り始めたとたんに羽根の先っぽが見えなくなる。見えなくなったというだけのこと。

五首目、白梅が咲いていると言っても、観梅の人が来るわけでもない、静かなだけ。門をかけているのは古刹の雰囲気か。

六首目、葬儀のような場面でも時刻を問う、こんな些細なこともある。しかし、不意に聞かれるとちょっと驚く。

七首目、電車に乗っていて、周りが静かになったら、隣の人の幽かな喘鳴（ぜんめい）が聞こえた。だからといって、その人の健康を心配しているわけではない。幽かな息遣いのちょっとした異音。

八首目、ゼムクリップが雫（しずく）のように光っていた、畳の上に。何だろうと、ふと不思議な気がしたのか。

九首目、薬をこぼしてしまったが誰も何か言うわけでもないし、普通にかき集めている。

十首目、探していた巻尺が、いかにも元気でしたと言わんばかりに百五十センチに伸びた。伸びて見せた、作者が伸ばしているのだけれど。

どれを取っても、目立って技巧的であるとか、人生観が出ているとか、そんな重々しいものではない。瞬間の嘱目だと言ってもいい。もちろん、ここにも技巧はある。あるだろうが目立たない。独自な工夫したところを指摘せよと言われれば、なかなか難しい。

それでいてどの場面も、なんとも新鮮ではないだろうか。散らばった薬をかき集めている、などという歌があっただろうか。草むらの向こうに少年がもう一人いたのだ、見えなかったけど、という場面でも、以前ならシャガールの牛でも登場させていたかもしれないのだ。そうした技巧を用いない、放棄したような自然体。少なくとも、民子の人生や来し方を知らなくても読めるし、読むべきだ。

こうした歌は、晩年だからできたと私は思う。

ある人に言わせると、もっとも難しい料理は卵焼きだという。一番初めに教わるし、誰にでもできるけれど、本当にうまく作るのは難しい。こんな当たり前のような歌を作るのが難しい。

一度にて点(つ)きしライター思はざる大きほのほを目の前に上ぐ　『印度の果実』

失(な)くし来しライター思へば窓口の孔雀羊歯の鉢も目によみがへる　『風の曼陀羅』

水量の平生(つね)に戻りてしづかなる川のほとりのおもだかの花　『印度の果実』

いくひらの椎茸を水にもどしおきわれにしづかに年暮れむとす　同

学校園もいつか春めき散水はをりをり遠き稜線を越ゆ　『風の曼陀羅』

カウンターに残りてゐたる風船の空いろ二本も貰はれゆけり　同

光と影をすばやくかさね目の前の金屛二双畳まれゆけり　同

思はざる柾目(まさめ)の木の香匂ひたり赤鉛筆を削りてをれば　同

集まりて降るにもあらぬ梅雨(つゆ)の雨ひとすぢひとすぢ迷はずに落つ　同

ただの岩の円錐形と見てをれど水を引き寄せまた引き離す　同

われの目もけものの如く光らむかまともに自転車のライトを浴びて　同

つながりて咲く曼珠沙華はればれともう一本が離れて咲けり　『光たばねて』

右側の少女もパラソルひらきたりパラソル二つ別れて行けり　同

こうした歌は、終わりの三歌集に多く見られるもので、けっして老境とは言わないが成熟完熟という感じがする。一つの簡潔なる完結とみたい。

多くの場合、晩年と言えば、老いがあり病があり死があることが多い。民子にはそうした晩年感は無い。それほどの年でもなかったこともあるが、民子のテーマのなかに老いも病も入っていない。あえて退けていたのである。

これまでのきりきりとした喪失感や不安感、孤独感などもかえって柔らかくなっている。今までの作品が、内面の心理を描いていたのに対して、この第三期はむしろ外部の嘱目を中心にしたことで豁(ひら)かれた印象になった。軽やかさと清明感、澄んだ境地に達している。

第九章　初期作品から〈夢と挫折と〉

1941（昭和16）年、十六歳のとき、奈良女子高等師範学校文科第一部に入学する。そして、1944（昭和19）年に卒業するまでの間と、卒業後、釜石高等女学校に勤めていた頃、さらに恋愛時期、結婚、出産の時期の作品が収められた、「歌集」と称してはいるが手づくりの、原稿用紙をまとめた作品集がある。

さいたま市立大宮図書館が整理したもので、肉筆ゆえの間違いがあるかもしれないが、それをもとに考察していきたい。

第一歌集『まぼろしの椅子』に収められなかった、つまりは『まぼろしの椅子』に至る経過のようなものが仄見え（ほのみえ）る面白さを含んでいる。

古都奈良を巡る

石塔の苔むしたりてそびえたり冬陽だまりにさぶしや般若寺

古寺の午後陽だまりの枯れ芝にさわらべ二人あやとりあそぶ

一切の藝術守護の女神とふ伎藝天女を慕ひ来にけり

薬師寺にかよふ道べにひるたけてつまくれなゐの花は咲くなり

薬師寺やまみうるましてくらがりに名ぐはしほとけひとりおはすなり

けっして豊かな財力だったわけではなかっただろうが、経済と時間の許す限りあちこちを見て回ったという。

薬師寺や秋篠寺をめぐった様子が詠われている。秋篠寺では大学生に出会った話もあるが、こうしたときの出会いだったのだろうか。この初期の歌集の中にある歌には、そうしたエピソードにふさわしい歌が出てこない。後述する恋人らしき人は登場するが、その場面らしいことは書かれていない。

芸術の守護神として、伎芸天には特別の感慨があった。

後年の歌をおもえば、素直で、写実的とも言える歌である。現代短歌より近代短歌に近い。平明で滑らかに律、調べが穏やかで、叙情性にとんだ作品である。むろん現代からみれば古い感じはするが、歌の完成度を言えばそうとう高いと思われる。二十歳になるかならないかの年齢での作とは思えない。

学校生活を詠う

また、当然だが学校生活の歌がある。

縣一の女学校より女高師に今ある吾のたわけごゝろか

吾をそしる聲たかけれどなげき重ねし吾がこゝろいまはすみきはまりぬ

戦ひのさ中にありて図書館に通ふおほけなさを思ふ日もあり

天地（あめつち）は緑ゆたかに風揺れて美（は）しき日なるをあはれわが生れし日

一首目、県下一の女学校から女子高等師範学校に入学した。それなのに「たわけごゝろ」とはどういうことなのだろう。

二首目の「吾をそしる」も、何があったかを推測することはできないが、必ずしも楽しいばかりの学校生活ではなかったということだ。先生と対立することもあったらしい。

「思ひ出のまま」という文集がある。エッセイのような日記のような文章だが、具体的なことはあまり書かれていない。気持ちのあり様とか反省とかであって、具体的に何を指すかはよく分からない、若い女性らしいさまざまな出来事があったと推測される。

三首目、世は戦だというのに図書館に通うのも憚るという気持ちがあったのだろう。「思ひ出のまま」の中には「世界中の誰にも負けない熱烈な愛国民であります」という一行もある。

脱穀機ほがらとめぐる音やまず美稲（をしね）運びて吾等一途なり

初日待ちて太平洋の岩浜に真風浴びつゝありて久しき

おほらけく上る初日の光はも白きかもめのこゝだ舞ひつゝ
暗きより呼ばゝり集ひ浜に出て初日をおがむ村人のむれよ

農作業を手伝いに行くこともあったのか、戦争中らしい一面が見える。また、太平洋の初日を見に行くこともあったようで、小旅行をしたのだろう。

積みても積みても崩るゝ夢を見てをりぬ夜半のねざめにあはれ雨の音
ベレーかぶり氣どりゆけどもわが影は時々列よりはぐれがちなる
せまりくる跫音(あのと)すべてにおびえつゝいつの日よりの崩壊のいろ
やみがたく崩るゝものよわが希ふ終焉(いまは)をせめて華やかなれと

そうした中で、積んでも積んでも崩れる夢、迫りくる足音におびえる、やみがたく崩れる、そして終焉(しゅうえん)を思ってしまう傾向など、どこか後の歌境に通じる感じがする。もちろん具体的なことは分からないが、不安感を抱く傾向はすでにあったのか。

恋心を詠む

具体的なことは分からないが、「思ひ出のまま」のなかにはどうやら恋人らしき人が登場する。書簡のような文章もある。

学校では噂になっていたらしい。「貴方と私が文通してゐる事は全校周知のことです。風紀係の先生に聞えるのも間の無いこと、今は観念の眼を閉ぢて居ります」などという記述が見える。「たった一葉の写真を残して去った人」や「私はやっぱりあの方が好きなんだわ」など、ストレートな一行もある。

それを見ると、やはり誰かいたのだとしか思えない。また、別れの手紙のような形式で心情が述べられている一節もあるが、しかし手紙ではないことは確かだ。ノートに綴られているので相手に出してはいないし、出そうと思ったわけでもない。あるいは下書きだったのかもしれないが、手紙形式で自分の気持ちを書いていったのではないだろうか。言えるものなら言いたいという思いを、ぶつけていったと思われる。

片思(も)ひとつゆ知りたまはずかなしくも君大陸に吾を恋ひて在(ま)す
ますらをと出で征きし君大陸ゆなほ切つ〳〵と文(ふみ)寄せたまふ
さむ〴〵としろき野聖戰の夕月を仰ぎて在(ま)さんかますらを君も
心無(な)の君に向ひて言ふことなし苦しき思(も)ひはひとり堪えゆかむ

勇ましく旗をかゝげて征きし人よ今日恙なく帰り来ましぬ
み雪ふる芝居のよるに逢ひ初めの君知りし日ゆいくとせ経ぬる
あはゝゝとけぶる銀河を仰ぎつゝきみを見ぬ日はさみしかりけり

相手が自分を想っていると読めるが、これでいくと出征した人だということになる。しかし恙（つつが）なく帰ってきた歌もあり、別の人なのかその後はどうなったか、行く末は分からない。おそらく民子自身が卒業して帰郷してしまったので、それまでだったのだろう。

「恋愛は学生の御法度、罪になる」という一節もある。学校の規則ではご法度であり、罪になるのだろうが、この時代の若い女性にとって恋愛は推奨されることではなかった。並んで歩いても噂が立つ時代だったから。「たった一つの噂に敗れて」と記しているので、やはり学校で噂がたったことで行き詰まっていったのだろうか。

もう片方では盛岡時代の恋愛というか、民子を恋う男性や少年の歌もあって、それには冷静なのだが、かなり注目の的であったことは確かだ。才色兼備の女学生がいると、近隣の中学生が見に来たという話もある。


お城町（しろまち）のかの一夏（ひとなつ）やたえがたく吾を恋せし男（を）の子もありき

恋愛についてはもう一つ。同性愛らしき記述が出てくる。

静か夜に共にいねつゝたまゆらのこの昂ぶりを神よ赦させ給へや
過去未来ものかは君と相抱きまぐはふ夜半のたまゆらあはれ
やはらかに君が乳房にほゝよせて世に唯一なる誠を知りき

民子には何篇かの小説がある。その中の「同性」という小説には、女子学生同士の愛の場面が出てくる。むろん、同級生か何かのことだったかもしれないが。これはあくまで小説ではあるが、短歌と対比してみると、似たようなことはあったのではないかと推測できる。当時の、また女学生の間では取り立てて珍しいことではなく、一般的にあった疑似恋愛のようなものではなかったか。

小説の形でなければ、表現できなかったのだろう。それでも残しておきたい青春期の出来事だったに違いない。

「思ひ出のまま」には「異性と同性……恋は一人、たった一人づつよ、それが不思議にほんとにふしぎにどちらも同じイニシアル、ワイ・エイチ」とある。

ピアノの歌

学校生活の歌は、多くはピアノや音楽にかかわる。ピアニストになりたかっただけあって、ピアノに打ち込んでいたようだ。のちには、そのことを何の役にも立たなかったと言っているが、釜石高等女学校では音楽の先生がいないので、しばしば伴奏をさせられたとも書いている。その程度で満足できるはずはなかった。

ピアノについては、誰かの指導を特別に受けたという記述はない。独学なのだろうか。だとすれば、かなりの才能だったことになる。奈良女子高等師範時代にはミニコンサートがあり、涙を流しながら聴いていた人もいたというから、そうとうの実力があったと思われる。

いつよりか切なく狂ふはロンドのみ選りて奏づる吾のピアノは

やるべなきいとの乱れやあゝシヨパン悲願一途(づ)にあやかれる子に

稍緩綜(ポコ・ロール)韻(ひびき)もつれてわが日毎ひくそはかなしシヨパンにあらぬか

わが弾けばキイはもつれてア・テンポ今日もむなしくシヨパンに暮れぬ

美しきシヨパンに飽かずリスト曲の烈しさを愛づる日頃となりぬ

しかし、詠われているのは楽しいピアノではなく、かなり苦しい感情を盛り込んだピアノのようだ。

当時の日記のようなものを読むと、何か心の乱れがあるとき、落ち着かせるためにピアノを弾くことがあった。

恋愛についても屈折が多かったり、学校中の噂になったりして心塞ぐこともあったのだろう。そのときは、たいていピアノを弾くことで解放していたので、歌にもそれが反映されていると思われる。ショパンが好きだった。

故郷や父母を想う

青春の挫折も歓びも恋も、傷ついてはいるが、青春期のすべてをあますことなく為しているように思える。本人の苦しさとは別に、人生の、とくに思春期の出来事としてはとりたてて悲劇でもなかったと思う。若い時代は、本人にとっては生きづらいものである。

二十歳にも満たない娘が、郷里を離れて一人で暮らすのは寂しかったに違いない。この初期の歌の中には、故郷を想う歌、父や母を想う歌がたくさん詠まれている。

ふるさとゆ遠き寮舎に桃花活けてひひなをまつる十九の春や

胸にくすぶるもだへありて吾の叩き彈く悲愴ソナタは母まで届け
つやゝかに母にみがゝれ紅りんご北の海辺ゆ送られてきぬ
かなしみにこめとざゝれて異郷のわが誕生日父よ母よ妹。
ちゝのみの父のいたづき夏暮れて虫すだく夜もしはぶきにふける
病むちゝのいたく咳く夜は妹は吾のかひなにすがりて眠る
病む父と看護り疲れし母をおきて出で立つ朝や海鳴りやまぬ
盆提灯ゆらぐほかげもかなしかり姉逝きてまして幾とせ経ぬる
たままつり小さき妹の花床ゆたをりそなへんえそぎくの花
真日たかしカンナは紅しかゝる日も父のいたづきなほ重るとふ
ふるさとの母はやさしもみづ〳〵と熟れし梨など送りたまひぬ
病みがちの父を守りて老いたまふ母のすがたは崇くかなしき
ふるさとのはゝはましろき餅あまた送りたまひぬ豆の粉そへて
殼割ればまろらかに実のあらはれて泣かまく母を恋ひまつるかも

あまり目に触れる機会のない作品かと思い、多くを引用してしまった。

一首目は、十九歳になった自祝の思い出、桃の花をかざったりして乙女らしい思いも、故郷を想いつつなのである。

母親からは、ときどき餅や梨などが送られてきて、そのたびに郷愁にかられていたことなどが想像できる。

そして、病に臥す父を想う歌、看病をしている母の歌、妹の歌。亡き姉の歌もある。姉の歌は早くに別れているので数は少ない。

帰省の折の家族の状況など、細やかに詠われている。父の病、大黒柱のアクシデントは、どんなにか家族を心細い思いにしていたか。それなのに、自分は傍にいないという負い目のようなものもある。

この時期は、とうぜん母を頼り守られている思いが強い。それが後に母も歳をとり、自身は自立する状況になると、自分が守らなければという思いに変わっていくのは当然である。

「思ひ出のまま」によると「母さん‼　待って居てね、きっと民子は、成功して見せるわ、お母さんの為にだけでも、きっと受かって見せる、見て居て、母さん‼」という一節がある。

「受かる」が何か分からないが、今は学徒の身だけれど将来は立派になるよと母に向かって誓う。むろんこれは日記のようなもので、直接母に向かって言ったわけではないが、むしろ自分への鞭（むち）のようなもので、決意は固い。

往々にして地方出身者は、故郷に錦を飾るというか、立身という明確な目標があったものだった。しかし、それの多くは男性のもので、女性では珍しい。家族のことを考える。父は病で、たとえ治ったとしても、これまでのように十分な活動はできないかもしれない。だとすれば、自分が家族を背負っていかなければならないという思いがあった。

三人姉妹のうちでも、民子は特別に父からかわいがられて、男だったら弁護士になどと言われていた。つまり「男だったら」は、家を継ぐ、守るという意味もあった。

それだけに優秀だったこと、これからの時代を見据えて自立することなどが念頭にあり、きっと成功する、という言葉になっていった。

別れゆく大和國原たもとほり山々見ればはてなくあをし

1944（昭和19）年9月、戦争により繰り上げ卒業をしていよいよ郷里へ帰るときの歌。思い返して奈良の山々を、あるいは『万葉集』の歌でも思い出しながら、心に留めようとしたのだろう。ちなみに卒業して、修身、国語、歴史の免許を取得したが音楽はなかった。

奈良女子高等師範学校卒業後、教師として岩手県立釜石高等女学校（現岩手県立釜石高等学校）に赴任したが、釜石は奈良や盛岡に比べればいくらか寂しい土地だったかもしれず、次のような歌を詠んでいる。

わが住むはコスモス咲かす庭もなく日中も機械のにほひする町
いさゝかはあざけられても母のため子はかく切に生きたきものを
わが言へばすなほにうなづく子等の髪ふさふさとしていとほしきかも

二首目の「あざけられても」とはどういうことか。民子にとって嘲られるということは苦痛だったはず。才媛の民子にとってはそんなはずは無い。しかし実社会となると、先輩教師との間に軋轢（あつれき）があったのかもしれない。

それでも教え子たちが素直に聞いてくれる、教師として本来の場面で、自分を取り戻すことができた。

そんななかで出会ったのが大西博。大西氏は旧制浦和高等学校を卒業して、釜石工業高等学校の教師になっていた。

民子にとって魅力的だったのは、若いこと、理論家だったこと。おそらく教師仲間には、年配者が多かったと思う。若くても地方の教師では、民子の相手にはならない。哲学から海外の文学、日本の文学を読み、音楽、スポーツなんでもできる才媛の相手になれるのはそうは多くない。

マルクスなどを議論できるのも、大西氏しかいなかった。組合活動で知り合ったということだ。

結婚後の歌

民子の多くの読者は『まぼろしの椅子』から入る。私もそうだった。それを読んだあとに、遡るようにそれ以前の作品を読むと、こんなことがあったのかと思う。

わが庭にほのかに咲ける連翹の花散らぬまにかへり来ませよ
いくたびのひとりねの夢やぶられて狂ほしきまできみはこひしき
ちぎりして未だいく日も経ぬものをはかなになりぬきみのこゝろは
あざむきて吾を曳かれしみ手なるをきみの御手こそ恋ほしかりけれ
もえてもえてこの道をわが生き抜かむくらき夜空にきらめく星よ
となりあへば星もさゝやく宵なるをはなれて君はなにしたまへる
明日の夜は君にいだかれい寝る願ひたゞ一つもて今宵歌よむ
よりそひてひしとくちづけかはしたりさよふけの道のきりのまぎれに
このまゝに死なましと想ふいく夜さを堪へ来て君にこよひ逢ひつゝ

池の面にきみのかげひとつゆれてゐるみどりの樹蔭に行かましものを
彗星のもえて走(わし)れる束のまのひかりのごときわがこひなりし
ときのまの花なりしゆゑかくもろく秋さりてこそこぼれ初めしか
愛情もたゝかひなりきひとすぢに依りて敗れしわがみぞあはれ
実在は己(し)がこゝろのみとふみよみにしみて念ほゆ今宵の本体論は

率直に恋愛感情を表現している。恋の喜びがストレートに伝わる。ストレートすぎると言えばいえるが、この時期、民子は歌集を出そう、歌壇に出ようという意識はまだなかった。目の前の現実を、そのまま素直に詠うことができた貴重な時期と言ってもいい。

ちぎりしてまだ幾日も経たないのに君のこころは儚(はかな)くなった、など、もちろんその後結婚するのだから儚くなってはいないのだけれど、ちょっとした行動が女心を不安にさせる恋のあり様がみえる。

ひたすら自分の心を詠んでいるので、相手がどうだったか、どういう行動を取ったかは分からない。相手がどんな人かも分からない。つまりは、自分の心に向き合うのが作歌姿勢である。ある程度、これは後にもつながるものである。

重症も癒え初むれば又遠人の恋ひに恋はるゝ吾はをみな子
夫と吾と古きなげきは捨つべしとこゝに住みかへて楽しまんとす
貧しさに吾娘に病まれて日を経たるは、はしみじみ老いたまひけり
愛隣（ママ憐か）の思ひ烈しき極まりにはゝは泣きつゝ娘をなじるなり
夫に似て愛ゆき面わの吾児よ吾児よなどひとこゑを泣かざりけるや

民子は「結婚をしたが誰も賛成する人が居なかった」と言っているが、どういうことだったのか。一般的には、学校の教師同士であれば条件としては悪いことではない。人格の問題だったのか。妹は最後まで睦むことはなかったという。華やかな結婚式などはしなかった。

この頃、民子は小説を書いている。大西氏が小説を書いているので、自分もと思ったのかもしれない。小説だがかなり実状に即しているような気がする。言ってみれば、奈良女子高等師範時代に書いていた文章、「思ひ出のまま」に収めた日記のような随筆のようなもの。別に日記があるのだが、日記に比べるともう少しエッセイ風で、誰かに読まれてもいいような書き方をしている。むろん、内容的にはどこを指すのか誰を指すのかは分からないのだが、もし傍にいる人だったら分かるかもしれないという書き方で、日記とは違う。

「思ひ出のまま」に近いような小説で、主人公には別の名前を付けられているが内容的には結

婚当初の現状ではないかと思われる、私小説の類であろう。

ちなみに、遠山紫穂、牧山紫穂という二つのペンネームである。

第一子を出産したが死産だった。その頃のことと思われる内容が書かれている。『さからえども』という牧山紫穂の小説によると、「結婚したてのころ、ぴったり寄り添ってとなりあった右手と左手を握り、空いた手でページをめくっていた。いつも陶酔があった。しかし出産後帰ってくると、煙草ばかり吸う状態、煙草代で妻への送金ができなかった」とある。あくまで小説だが、これに近い情況もあったのだろう。

三首目の「貧しさに」の歌は、父が亡くなってから民子の仕送りで生活していたのに、民子が病気になってしまって仕送りがままならなかった背景があると思われる。大西氏から民子への仕送りも滞っていたようだ、煙草代に消えてしまって。

「女だって独り立ちできない筈はない、今まで勇気がたりなかっただけ」「女の幸福は愛されること」というフレーズもある。

胎内の吾児よ許せな母は又すべなき事を歎かむとせん
父と母のたつき貧しきあけくれにも吾児は静けく育ちゐるらし
すべもなく涙せし朝の厨べにひそかに覚えて胎動あはれ

真実を求めて生くる父母の道を助けよ疾く生れ来て

出産直前、貧しさゆえの不安などもあったが、期待感も当然ある。「真実を求めて生くる父母の道を助けよ」という言い方が理屈っぽくて、子どもの生まれるのを待っている母親にしては冷静か。普通なら元気で生まれてくることを願うだろう。そのあたりから推測するに、夫との関係も理をともなっていた。

『露命』という遠山紫穂の小説によれば、「理性の強い男まさりの女、という予想は全く外れて結婚式の翌日からは泣く女になっていた」とある。

激痛の呻きのまにも期して待つうぶごゑは無し遂に無かりき
夫に似し吾児逝かしめてぽつ然と吾にめざめし母性ぞあはれ
若き父がひそかに吾児にだかせやる赤き人形も吾を泣かしむ
相ともに生きがたかりし宿業に母を地上におきて逝きしか
現し世の乳の香一つ吸はずして寂しからずや吾児のくちびる
さびさびと墓山みちをゆくならむ吾児の柩に雪よかかるな

出産後、尿毒症と網膜剝離により、半盲の状態で床を離れられず半年を過ごす。

若き父が、生まれてくる子どもに買っておいたものだろうか、亡くなった我が子に赤い人形を抱かせているのを見て泣いてしまう。乳も吸わずに逝ってしまった子。それでも母性がめざめてくることの哀れさ。一月のことだったので雪もよいだったのか。

小説『露命』によると、出産、闘病で家を留守にしている間、夫はどんなにか淋しい思いをしているだろうと思っていたが、それほどでもなく、同僚の女性たちと楽しくやっていたらしい。

同小説によると、もし結婚の申し込みを断ったらどうしたかという問いに、別の女性の名を挙げたという。つまり第二候補がいたということだ。また、もしこのまま私が死んでしまったらどうするかという問いには、新しい人を見つけて再婚するという答えだった。それに衝撃を受けてしまう。女は君以外にはいない、という答えを待っているものだ。しかし民子は、それを正直だと認めている。認めながら、ショックを受けているのである。自分こそ一番の女、何人にも代えがたい何でもできる女として自信を持っていたが崩されたとしている。

そして小説では、夫を愛し尽くして夫の将来のために家を出ようとする。しかも「あなたの一番好きなきもので」という。とても古い女性の、夫への未練を見せているのも面白い。

家を出るというあたりは現実と違うが、少なくとも気分的にはそんな思いを持ったこともあったか。

夫、妻ともに働いているのだから、たまには夕食の支度をしてくれても、というようなことを言うと、民主主義とか平等とかはそういうこととは違うと言って取りあげてくれなかった。現在の見方では勝手な言い分だったとしか言いようがないが、当時はそれで通っていたのだ。

民子にとって、大西氏は古典文学を語りあったり文学論・哲学論を戦わせる相手としては愉しかったが、実生活に於てはとても新しい考えを持っていたとは思えない。

「回顧一年」による

たよらるゝ君はいかなる夫ならむ遠き境にゆくこゝちする
をとめの日の夢は破れて春の夜の月仰ぎつゝ君にそひて帰りぬ
一つ灯をよせてふみよむ楽しさの類ひなりむと夫に告げなくに
わがつまの生くる限りは生き遂げむわが命ここに意義定まりつ
憤り烈しき時のふと見たるつまのひとみのかなしみのかげ
愛隣（ママ憐か）の思ひはげしき極まりに夫は激して吾をなじるか
母一人遠国におきて吾と生くる夫はひそかに淋しからずや
論点ははかなき齟齬をくり返し夜更けても夫も疲れそめしや

春の夜の更けて明るき灯の下に笑みつゝぞ吾ら論じつきなく
江戸文學に感傷性は無しと言ひありと言ひ張り論果てぬ吾ら
弱き吾が社会を渡るよすがとなす自己ぎまんなりすべあらなくに
かくてたどる道のはたてには野か山かはかられなくに君に添ひゆく

女性の場合、結婚してこんなはずではなかったと思うことはしばしばある。理想と現実は違う。民子の場合は、大西氏の若くて論客というところに惹かれたが、現実の生活の面では古い考えのままの夫だったということ。何にもまして「民子だけ」ではなかったこと、代わりはいくらでもいると言わんばかりの夫の言い分に、プライドを傷つけられた。

実家を支えるために仕送りをしなければならないので、どうしても働かなければならない。しかし夫は、おれが働いてくれと言っているわけじゃないという。働いて身体が辛くても、夫は協力してくれなかった。大西氏の原稿の清書は、すべて民子がやっていたのに。

仕送りすることに理解がない。当時五千円の借金があったという（小説によれば）。

小説の中のいくつかのフレーズを挙げてみると、民子が当時考えていた一端が分かる気もする。

「道徳とは、人間相互の不幸を最小限度にするためにあるもの、そして、その為にあるべき犠牲者こそ美しいものだと信じて来た」

「哲学は自分が何をすべきかを明確に知るためにある」

「自分のために生きることをしようと思う」

「開花結実と言うじゃありませんか、人間華やかであっただけでは意味無い。よき未来への期待がかけられていること……でも実のならない花もある……山吹など」

とても理屈っぽいが、民子が、理想と現実の乖離（かいり）に苦しんでいたのが分かる。


わがつまの生くる限りは生き遂げむわが命ここに意義定まりつ

それでも、夫に添って生きようとしているのは健気な気がする。

その後上京することになるのだが、夫に「ひきずられるように」と書いてあるものもあれば、「夫をせきたてるように」と書いてあるものもある。上京は夫の意志だったのか。むしろ民子のほうが強かったのか。

私は、民子のほうがその意志が強かったように思う。釜石での生活はあまりに窮屈だったし、例の第二候補も近くにいるので、遠く離れたかったのではなかったか。

幸い夫は旧制浦和高等学校の出身で、むしろ東京に近いところのほうが馴染（なじ）みやすいのではないかと考えたと推測できる。初期の作品には古典的な叙情と若い女性の青春性が窺える。
また小説の断片からも見えてくるものがある。新しい時代を生きようとする女と、古い考えのままの男の齟齬が垣間見える。この時代の一面が、むろんほんの一面だがはっきり表れている。

ここに見て来た初期の作品・小説やエッセイなどが、後の大西民子の文学活動の土台になることを改めて思う。土中に埋まっていて目に見えなくても確かにここから始まっているのである。そしてそれを一生をかけてどのように展開していったのか、第一章にもどれば全円が見えてくるように思えるのである。

あとがき

「よき時代の教養がノーマルな感覚の中にまぎれなく存在していて〈もののあわれ〉の中に生きた最後の女という感がする」と北沢郁子が言う（「短歌」昭和47年4月）。

人間として端々に確かな教養を感じさせる歌人だと思う。そうした人間性が滲み出ているのが大西民子の歌である。

戦前の穏やかな時代の空気も吸い、戦中・戦後の時代を経験し、昭和という時代を生きぬいてきた人生。さらには戦後は、文学的にも前衛という波が劇的に時代を推進していった。もちろん個人的にも屈折の多い人生を歩むことを余儀なくされてしまった。新しさと古さが鬩ぎ合った時代の激流に揉まれながらも、自分の世界を切り拓き完成させていったのが大西民子だった。発想も、細かいディテールも、嘱目も、語彙も、新しさ独自さを目指していたのがよく分かった。周到に計算された技法が随所に見られたのだ。まさに短歌と格闘した人生だったといっても過言ではない。

考えてみれば昭和28年、二十八歳で「形成」に参加して（それまでも作歌活動はしていたが）本格的に活動を始め、六十九歳で亡くなるまで、たった四十年なのである。その歌の世界は完結していた。歌は全円でなければならぬ、完結していなければならぬと言ったとおり、全円の完成した姿を持っていた。

さいたま市に住んで、身近に感じていながら、なかなか近づけないでいた。私が大西さんの享年に近くなった頃から、少し見方が違ってきたように思えた。それでいて大きすぎて手が付けられないでいた論を、ここで何とか纏(まと)めておこうと思う。

書き進みながら、むしろこれで十分ということはない、違う読み方もできると迷いも出てきて、さらに深めていかなければならないことを実感している。

執筆にあたり、馬場あき子さんから多くのアドバイスをいただきました。大きな励みになったことを記して感謝申し上げます。

また他にも、多くの方のご協力をいただきました。大西民子研究家の原山喜亥さん、資料についてはさいたま市立大宮図書館の篠原由香さん、尾野まどかさん、「形成」最後の頃の作品については山本登志枝さんにお世話になりました。

出版に際しては、角川文化振興財団「短歌」編集長の石川一郎さんとご担当の吉田光宏さん、さらに装幀の間村俊一さんにお世話になりました。重ねてお礼申し上げます。

二〇二〇年

沖　ななも

参考文献・資料

『大西民子全歌集』波濤短歌会・大西民子　平成25年　現代短歌社
『大西民子集　現代短歌入門　自解100歌選』大西民子　昭和61年　牧羊社
『回想の大西民子』北沢郁子　平成9年　砂子屋書房
『現代短歌に架ける橋　馬場あき子歌人論集』馬場あき子　平成6年　雁書館
『大西民子の歌』沢口芙美　平成4年　雁書房
『まぼろしは見えなかった　大西民子随筆集』さいたま市立大宮図書館編　平成19年　さいたま市教育委員会
『大西民子の足跡』原山喜亥　平成28年　沖積舎
『青みさす雪のあけぼの　大西民子の歌と人生』原山喜亥　平成7年　さきたま出版会
（「民子さんの思い出」熊谷理治『大西民子の歌と人生』より）
『大西民子書誌』原山喜亥編　平成13年　私家版
『大正世代の歌』玉城徹　平成3年　短歌新聞社
『現代短歌の十二人』稲葉京子・藤井常世・青井史　昭和59年　雁書館
『無告のうた　歌人・大西民子の生涯』川村杏平　平成21年　角川学芸出版
『黒衣の短歌史』（増補版）中井英夫　昭和50年　潮出版社
『昭和短歌の精神史』三枝昂之　平成24年　角川学芸出版
『大西民子　歳月の贈り物』田中あさひ　平成27年　短歌研究社
『現代歌人250人　現代短歌のすべて』石本隆一ほか編　昭和58年　牧羊社
『現代短歌の鑑賞事典』馬場あき子監修　平成18年　東京堂出版
『私の選んだ百壱冊の歌集』高松秀明　平成8年　短歌新聞社
『私の短歌入門』山本友一　昭和54年　有斐閣

「短歌」昭和48年7月号「女歌その後」座談会
「短歌」昭和52年7月　臨時増刊号「現代短歌のすべて　そして、ピープル」
「短歌」昭和46年3月号「馬場あき子・女歌のゆくえ」
「短歌」昭和53年12月号
「短歌」昭和52年7月号
「短歌」平成6年5月　追悼号
「短歌」昭和47年4月号
「短歌」昭和55年5月号
「短歌」昭和57年8月号
「短歌」昭和60年6月号
「短歌」平成3年8月号
「短歌」平成6年5月号

「短歌研究」昭和45年8月号
「短歌研究」昭和36年10月号
「短歌研究」昭和35年8月号
「短歌研究」平成6年4月　追悼号
「短歌研究」昭和56年6月号
「短歌研究」昭和58年7月号
「短歌研究」平成3年1月号
「短歌研究」平成6年2月号
「短歌研究」平成6年3月号

「歌壇」昭和63年5月号
「歌壇」平成6年5月号

「俳句とエッセイ」昭和54年6月
「俳句とエッセイ」昭和52年9月
「俳句とエッセイ」昭和58年10月
「俳句とエッセイ」昭和52年7月

「短歌現代」平成6年2月号「わが第一歌集」
「短歌現代」昭和62年5月号

「現代短歌」平成26年2月号
「現代短歌　雁」特集100首選　平成1年10月

「波濤」平成7年2月号　大西民子追悼号

アサヒグラフ　1986増刊「昭和短歌の世界」
他雑誌「朱扇」「オレンヂ」「やまと」「月光」

「歌と私と埼玉と」昭和47年　公民館講座
「私の作歌修行」昭和58年　日本雑誌連盟講演
「自立する女性の生き方」講演　大宮公民館

著者略歴

沖ななも

1945年、茨城県生まれ。本名は中村眞里子。「個性」入会、加藤克巳に師事。歌誌「熾」代表。1983年に歌集『衣裳哲学』で現代歌人協会賞受賞。同年埼玉文芸賞、2004年茨城県歌人協会賞、2005年埼玉文化賞を受賞。2008年より朝日新聞埼玉版、埼玉新聞の短歌欄選者。2009年より埼玉文芸賞、埼玉文学賞の選考委員のほか、現代歌人協会理事、埼玉県歌人会会長、埼玉文芸家集団監事を務める。

詩集『花の影絵』、歌集『衣裳哲学』『機知の足首』『木鼠淨土』『ふたりごころ』『天の穴』『一粒』『三つ栗』『木』『白湯』『日和』、選集『現代短歌文庫 沖ななも歌集』のほか、評論・エッセイ・入門書に『森岡貞香の歌』『樹木巡礼』『優雅に楽しむ短歌』『神の木 民の木』『今からはじめる短歌入門―たくさんの例歌でわかりやすい!!』『季節の楽章―短歌で楽しむ24節気』『明日へつなぐ言葉』『埼玉 地名ぶらり詠み歩き』などがある。

全円の歌人　大西民子論

2020（令和2）年9月24日　初版発行

著　者　沖ななも

発行者　宍戸健司

発　行　公益財団法人 角川文化振興財団
〒359-0023 埼玉県所沢市東所沢和田3-31-3
ところざわサクラタウン　角川武蔵野ミュージアム
電話 04-2003-8717
http://www.kadokawa-zaidan.or.jp/

発　売　株式会社 KADOKAWA
〒102-8177 東京都千代田区富士見2-13-3
電話 0570-002-301（ナビダイヤル）
https://www.kadokawa.co.jp/

印刷製本　中央精版印刷株式会社

本書の無断複製（コピー、スキャン、デジタル化等）並びに無断複製物の譲渡及び配信は、著作権法上での例外を除き禁じられています。また、本書を代行業者等の第三者に依頼して複製する行為は、たとえ個人や家庭内での利用であっても一切認められておりません。

落丁・乱丁本はご面倒でも下記KADOKAWA購入窓口にご連絡下さい。

送料は小社負担でお取り替えいたします。古書店で購入したものについてはお取り替えできません。

電話 0570-002-008（土日祝日を除く10時～13時 /14時～17時）

©Nanamo Oki 2020 Printed in Japan ISBN978-4-04-884357-7 C0095